大鱼

有爱的青春陪伴者

喝点茶 / 著 /

她的良药很甜

tade liangyao hentian

上海故事会文化传媒有限公司
上海文化出版社

图书在版编目（CIP）数据
她的良药很甜 / 喝点茶著. -- 上海 : 上海文化出版社, 2019.6
ISBN 978-7-5535-1610-3
Ⅰ. ①她… Ⅱ. ①喝… Ⅲ. ①长篇小说 - 中国 - 当代Ⅳ. ① I247.5
中国版本图书馆 CIP 数据核字 (2019) 第 098052 号

责任编辑　蔡美凤
特约编辑　琵　琶
装帧设计　刘　艳　西　楼
封面绘制　德　音
印务监制　周仲智
责任校对　彭　佳

她的良药很甜
喝点茶　著

出　版　上海文化出版社
出　品　上海故事会文化传媒有限公司
（200020 上海市绍兴路 74 号　www.storychina.cn）
发　行　上海文艺出版社发行中心
（上海市绍兴路 50 号）
印　刷　长沙鸿安印刷有限公司
开　本　880×1230　1/32　印　张　8.5
版　次　2019 年 8 月第 1 版　印　次　2019 年 8 月第 1 次印刷
书　号　ISBN 978-7-5535-1610-3/I.621
定　价　36.80 元

上海故事会文化传媒有限公司 出品（00879）www.storychina.cn

本书如有印装问题，请与印刷厂联系调换。联系电话：0731-82755298

目录

TADELIANGYAO
HENTIAN

目录

Chapter 01
遇见林安奚

“宁辜小姐，你对治疗存在生理上的强烈抵抗。”

“你极度排斥被治愈，催眠对你来说也毫无用处，我认为你有不想要忘记这段过去的可能性。”

“现在任何心理上的治疗都对你没有作用，暂时只能先用药物抑制你的情绪与精神幻觉，我们会尽快研讨出一套专门针对这种特殊情况的方案，还请少安毋躁。”

心理医生的话言犹在耳，深冬的冷风如同附骨之蛆一样穿透衣物纤维粘着在身体上的每一寸。

树上的叶子都掉光了，光秃秃的树杈齐刷刷刺向天空，宁辜的脸和天空一样地苍白。

她手上提着医生开的药，氟西汀胶囊和帕罗西汀片。这些大概能让她手臂上的伤口得到充足的时间用以愈合。

长街像是怎么走都走不尽一般，就像……就像那天一样，宁辜抬手使劲抱住自己的手臂，强迫自己不要再去想了。

再怎么想，也回不去之前的。

如果可以，如果可以的话，她一定要回到那天之前，告诉他的爸爸，不要去那条街，不要去……

前面正好有个站台，宁辜走过去脱力一般地跌坐在长椅上，双手不断发抖，头疼得仿佛要炸开一般。

那些零碎的片段像潮水一样全部涌进脑子里。好多好多血，她的脸上……还有医生的话，不排除你有不肯忘记那段过去的可能性。

破碎的画面和医生的话扭曲在一起，反反复复地纠缠在她脑海里。

宁辜觉得自己仿佛置身于一处冰刀建立的房子，带着寒气的利刃不断扎进她的脑子里、身体里、心脏里。

她弯下腰，疼得受不了了。

一阵车鸣声忽然在她头顶响起，如同伸进深渊里的藤蔓，强制又霸道地拽着鲜血淋漓的她逃了出来。

车窗摇下来，一个戴着巨大墨镜的年轻男子满是笑意地对她说：“小姐，是你叫的车吗？”

声音清朗，像清泉一样，出乎意料的好听。这声音让宁辜从痛苦中醒过来，她慢慢抬起头看着他，在麻木的脑子中艰难地捕捉到一刻钟前的记忆，她恍然想起来，不久前她似乎是叫了一辆车，定位正是这个站台。

宁辜强打精神地走到车门前，打开后座坐了进去，手里的药袋子被捏得沙沙作响。

许是出于礼貌，司机师傅见宁辜上了车，伸手摘掉挡住了大半张脸的墨镜，回头笑道：“是到XX路XX大道X街XX小区吗？定位有出错吗？”

只这一眼……

只有这一眼，让下意识抬起头来的宁辜硬生生地僵在了原地。

耳机里还响着一部广播剧，最喜欢的声音近在耳边，如山巅的风，青山的雪，抢夺她的注意力，一夺就是好多年。

她竟然没有听出他的声音……

就在刚刚……

宁辜捏着手机的手指紧了又紧，掌心慢慢渗出汗来。

宁辜看着眼前这张脸，干净清秀，眉眼精致，仿佛是从她手机屏保里走出来的人，她甚至下意识地摁亮手机盯着锁屏图片和眼前人做对比了。

如出一辙的笑容，卧蚕明显的桃花眼，让他的身份昭然若揭。

“大家好，我是配音演员Tea，林安奚，这次广播剧是我和我的工作室精心为大家带来的一场听觉上的盛宴。”

广播剧的第一话自动播放了配音演员有话说的章节，耳朵里的声音和刚刚同她讲话的声音完整契合在一起，一句一句将她的情绪推上了至高的浪潮。

宁辜手心里的汗越渗越多，她呼吸急促，心脏扑通扑通仿佛要跳出嗓子眼了！

Tea……他是Tea……他是林安奚！他是她喜欢了很多年的人，她偶遇了自己喜欢的人，而刚刚自己竟然没有听出他的声音……

宁辜盯着这张对她笑得温和明亮的脸，刚刚使她疼痛的思绪竟不自觉消失殆尽。她看着近在咫尺的林安奚，嘴唇开始发抖，说不出任何话来，却奇异地鼻酸，她为什么会生出一种久违的委屈？

紧张使她无法思考和呼吸，只能呆呆地看着他，一时间身体紧绷，慌乱得手脚不知道该往哪里放。

而林安奚见她许久不回答自己的问题，疑惑地扬了扬眉，喉间发出一声：“嗯？”

宁辜瞬间觉得自己的脑子都木了，酥麻感从脚蹿至全身，心脏也险些骤停。可她，说不出话来。

像是看出她呆滞的缘由，林安奚低声笑了一下，好看的眼睛垂了垂，复又抬头问道：“我不会运气这么好吧？你好像认识我？嗯……你是我的粉丝？”

宁辜头脑不清，这句却听清了，下意识地点了点头：“你……是林安奚？”

林安奚像是有点难以置信，又像是愉悦和释怀，回身往自己的椅背上一靠，轻松笑道：“生活处处是惊喜啊，我不参加任何线下活动，传出来的照片大概只有刚出道那会儿几张和同行的合照，这都能被认出来，看来我今天走运，遇到铁杆粉丝了？”说完又回头看着她。

宁辜喉咙发干，想完整地说些什么都很困难，只能潦草地点头。

她是很老的一批粉丝了，从林安奚还未正式出道只在日本学习开始。她从那时开始喜欢他，经历了他的失意，职业生涯里的低谷，以及后来的前程似锦。

这么看来，说是铁杆粉丝也不为过。

林安奚又笑了，露出整齐瓷白的牙齿，看表情似乎十分舒心。

车子缓缓发动，车窗外的景色像是一场大梦。

“你说，我是不是今天出门拜过锦鲤了？不然为什么运气这么好，我老粉大概不多了，居然还叫我给碰上了。”

林安奚开到一个路口，停下，将衣袖卷起来一截露出白皙的手腕，便又回头冲宁辜笑，笑眼里每一寸都蓄满星星。

宁辜捏着衣袖的手骤然用力了起来，半长的指甲陷在皮肉里，痛感勉强压抑了被这笑容蛊惑的心。

林安奚笑得优雅迷人，看着她说："人长得帅就是这样，也是没办法是吧？你看我都那么低调了结果还是被认出来了，其实我也很无奈的。"

他还做了一个摊手的动作。

宁辜闻言心脏大力震荡，好不容易平复下来的呼吸再度急促起来，她甚至觉得自己要缺氧了。

好兴奋。

他为什么还可以这么可爱？

宁辜看着他，好像忘记了一切。

她无法再任由面前这个人侵占自己的视线，她移开了目光，看着窗外，下意识地抱了抱自己的手臂。

"那个……你……林安奚……你为什么……"

会在这里？

绿灯亮起，车子再次发动，林安奚一边注意路况一边分神从后视镜里看了她一眼，然后不动声色将车里空调温度调高了，又从副驾驶座边取出一个袋子递给宁辜。

"是不是有点冷，看你穿得有点少。这是我刚买的奶茶，你抱着暖暖手，可能会暖和一点。"

宁辜低头看了看自己，一件白色衬衣外搭一件驼色大衣，可能因为今天要去医院的缘故，心不在焉地穿了露出脚踝的裤子都未曾察觉。

的确穿得有点少了，她总是后知后觉地觉得冷。

可是她手足无措，不知该怎么处理来自喜欢的人的好意。

林安奚却直接将奶茶塞到了她怀里，不给她任何拒绝的机会。

许是碰到了宁辜冰冷的手，林安奚不动声色地皱了下眉，盯着路况说：“其实你喝也可以，没关系。”

他似乎笑了一下，又添了一句：“不过不要随便吃陌生人给的东西，会被拐卖，当然我的可以喝。”

他语气轻松，像在谈论天气。

宁辜抱着奶茶杯，鼓起勇气，实在忍不住地问道：“为什么你的可以喝？”

林安奚答得理所当然：“因为我不是陌生人啊。”

恰好又是红灯，林安奚回头又冲她笑，温柔明亮，勾人非常。

“难道我是陌生人吗？我不是你喜欢的人吗？”

这句话好像哪里有点怪怪的……可是宁辜再度被林安奚的笑蛊惑，大脑宕机无法思考，没反应过来这句话究竟哪里怪，只能咬着唇胡乱地点点头。

偏偏林安奚不知道吃错了什么药，对这个铁杆粉丝十分感兴趣，竟然还兴致勃勃地追问：“那是你最喜欢的人吗？还是你有更喜欢的人？”

宁辜下意识地摇头，声音都有点着急：“没有，没有更喜欢的人，我其实不追星的……”

“嗯？”

“所以……是最喜欢的，也是唯一喜欢的……林安奚，我真的……很喜欢你的。”

说完这句话，宁辜像是用尽了全身的力气，整个人都脱力到只能靠在椅背上，那阵因为紧张而产生的头皮发麻也渐渐消失，取而代之的却是神经末梢的微疼。可是宁辜却像是松了一口气一样，好像，终于了了一桩心愿那般。

她曾经很想把这样一句话带给他。

她想告诉他：林安奚，我喜欢你，很喜欢很喜欢你。这份喜欢霸道蛮横且不讲道理，甚至来源都不可溯，可是它经久不衰，连绵不绝。虽然混在每一位喜欢你的人中，它的分量那么微不足道，但还是希望这生之微末的喜欢，能给予你一些力量。

那些她曾经藏在无数梦话、信笺中的句子和沉甸甸的情感，她曾多次想要打包寄给他。

手中的奶茶被紧紧握在掌心里，滚烫的温度烙印在皮肤上几乎灼伤生命纹路。

林安奚的笑意忽然变得意味深长起来，他就那么看着她，眼睛深得如同黑夜，极具侵略性。

下一秒，他又露出温润无害的笑容来，笑着继续开车。接上她的上一个疑问，他闲适地说：“我很荣幸。对了，你刚刚是不是想问我为什么会出现在这里还变成司机是吧。唔，我刚回国，想来感受一下祖国繁荣昌盛的打车事业，熟悉一下祖国母亲的怀抱。”

挑一下眉，他神神秘秘地又补了一句：“而且据说这样容易瞎猫碰上死耗子遇上丘比特的箭。”

宁辜愣了一下，他又很快笑道：“虽然丘比特和月老暂时都还没眷顾我，但总归我还是幸运的，不是碰上你了吗？还不知道，小姐贵姓？”

宁辜跟不上他跳跃的思维，掐了一下掌心，尽力用疼痛来让自己镇定自若，磕巴道：“我叫宁辜，安宁的宁，辜负的辜。”

她思维迟钝，说完才反应过来林安奚好像只问了她姓甚并未提及名谁。

真的是，蠢得没救了。

林安奚却好像并不在意，唇齿间辗转几圈宁辜的名字，脸上表情温柔干净，如沐春风。

不多会儿，车子在一处小区门口停下。

林安奚问：“是这里吗？到了喔。”

他说完顿了一下：“宁辜。”

宁辜恍恍惚惚地在他的笑容里听他喊自己的名字，心脏如坐过山车一样再度活蹦乱跳起来。她的头皮又开始发麻，神经末梢疼得几乎让她眩晕。

太可怕了，原来近距离见到林安奚是这样的感觉……她觉得，她真的快要死了。

为什么，为什么那么想要流泪呢？

车里的温度舒适宜人，掌心的温暖真实滚烫。

宁辜迷迷糊糊间好像听到自己问了一句：“林安奚，我……可以邀请你……去我家坐一下吗？”

说完，宁辜就后悔了。

她不知道自己到底哪里来的勇气，居然让林安奚来自己家坐一坐。

坐一坐？坐一坐还喝杯茶最好还给你签个名是吗？

宁辜那一瞬满脑子都是被懊恼填满的废料。

很显然宁辜后悔已经来不及了，因为接下来林安奚意味深长地看了她一眼，很快便笑着说了句“荣幸之至”。

于是现在他们坐在宁辜的家里。

宁辜一个人住，房子干净整洁，但缺少人气。她坐在沙发上看着把大衣搭在玄关处然后缓步向自己走来的林安奚，内搭了一件毛衣，身材修长挺拔，干净耀眼得有点过分了。

宁辜心脏像跌进了弹簧床，一上一下停不下来，局促不安得仿佛她才是来做客的那一个。

脑子不清醒导致做的事也实在让人无法想象，宁辜还没等林安奚走到自己跟前就慌慌张张地问一句：“那个……林安奚，喝……喝酒吗？”

林安奚脚步一顿：“嗯？”

宁辜：“……”

宁辜飞快抬手捂住了脸，磕磕巴巴地说：“不、不是，我是说……喝茶吗？”

她真的想给自己一巴掌了，太丢脸了。这大概是见偶像最失败的案例了吧？

宁辜不知道为什么就有点鼻酸，她站起来走向冰箱：“我去给你拿喝的。”

偏林安奚还在后面笑，声音低沉如同大提琴的琴音，宁辜听得整个后背都快酥成渣。

她都有理由怀疑，林安奚这是故意的了，因为刚刚林安奚这笑法，分明是他配音的第一个角色的笑法，也是她认识他的第一个角色，意义十分不同。

可是林安奚又不知道自己是通过哪个角色认识他的，可能也就是凑巧吧。宁辜胡乱安慰自己，恍恍惚惚随便拿了一瓶喝的递给林安奚。

于是，林安奚盯着她递过来的啤酒看了半天，还是没忍住笑了。

“所以，还是喝酒？”

宁辜愣了一下，有点茫然，低头看了一眼立刻反应过来，之后又恨不得打自己一巴掌了。她手足无措地收回啤酒，匆匆忙忙转身：“呃……拿错了，我去换。”

然后，她就踢掉了她的拖鞋……还踢到了卧室门边。

脚踩在地板上冰冰凉的感觉让她有点反应不过来，这次她是真蒙了，看着被自己踢掉的拖鞋眼睛都直了，实在想不起来自己是怎么踢掉它的。

她用力捏着啤酒瓶，捏到手指泛白，下意识就抬起一条腿要跳到卧室门口去捡鞋，结果跳了没两步忽然被人拉住手腕扣进怀里。先是手中的啤酒被拿走放到了就近的柜子上，接着她感觉到有人弯下来，膝弯接触到温热的手臂。

一直到林安奚把她抱到沙发上坐着了她都没有反应过来。怀抱很温暖，毛衣触感舒适，甚至让她错觉闻到了阳光的味道。

好像是一叶扁舟行于大海之上，从暴风转至晴好只需一秒，那么地不真实。

宁辜的脑子已经完全无法思考，林安奚刚刚的动作无疑是拉上她思考的阀门，她满脑子都是“林安奚抱了我，林安奚抱了我，林安奚抱了我”……

林安奚转身帮她去捡拖鞋，她下意识地叫他：“林安奚。”

林安奚回来半蹲在她面前替她穿好鞋，她眼睛都不敢眨一下，还是叫他：“林安奚。”

林安奚抬起头来看她，眉眼间满是柔和的光。随后他笑了，那个笑容在她的视线里“噼里啪啦”炸开成了一束花，晃得她头晕目眩。

宁辜跟着了魔似的，抬手就摸到了他的脸上。

对方垂了一下眼睛，又直直看着她，说：“喝酒很好，正好我也想喝两杯。”

他很快站起来，若无其事地走向冰箱：“以前在日本留学的时候，和舍友的朋友学过一点调酒，唔……”

他回过头来看了一眼还在发呆的宁辜，神情温和：“虽然秉持着做榜样的原则此时此刻我应该说小姑娘不应该喝太多酒，但不得不说，品种很多，正适合调酒。”

宁辜愣愣的。

他拿出一瓶香槟一罐可乐和一瓶伏特加，三两下调了两杯酒放到宁辜面前。

“Tea特制酒，尝一下？”

宁辜还处在发蒙的状态，迷迷糊糊就点了头，伸手拿起杯子喝了一大口，真跟喝饮料似的。

林安奚没忍住，笑了一下，拦住她还要继续灌的动作。

“后劲很足，喝慢一点。”

宁辜跟死机了一样的脑袋这会儿才回过味儿来。似乎是果酒，入口甘甜，喝到喉咙里也并不涩。

宁辜愣愣地点了点头，低头又抿了一口，果然很甜。

不知是宁辜哪个点戳中了林安奚的笑点，林安奚就那么看着她笑了一会儿，转身去冰箱拿了几块冰放进自己的杯子里。

宁辜不解："为什么要放冰块啊？"

天不是很冷吗？

林安奚眼神很深，仿佛别有意味，他又喝了一口酒，低头看了看自己的手后才又抬起头："不知道你有没有听过一个词。"

"什么词啊？"

林安奚忽地舔了舔嘴唇，轻声说道："冰火两重天。"

宁辜傻愣愣的，显然没听懂这个词的意思，只是看着他。

林安奚也没在意，说："这酒后劲有点足，你还是少喝一点，女孩子还是要少喝一点酒，不然不安全。"

宁辜不知道他怎么就想到这个了，傻乎乎地不知道该怎么接话，就只能恍惚点头，又实在忍不住问："那，你现在在这里，也不可以喝吗？"

也会不安全吗？

林安奚握着杯子的手指忽然就用了力，他看着她，不知道出于什么心理，仅仅是盯着她，却没说话。

良久，他像是叹了口气，垂下眼睛笑了一下："算了。"

他走到她身边坐下："可以喝，我在这里，就可以。"

像是觉得这句话过于暧昧，他又补了一句："毕竟我是林安奚啊，对吧，就算是秉承着要保护好自己粉丝的原则也不能让你不安全。"

宁辜死死抿住唇，勉强没让自己笑得太放肆。

是啊。她在心里说。

因为你是林安奚啊。

她低头喝酒，好像更甜了。

不过后劲好像真的有点足啊，她都觉得自己有点晕了。她摇了摇头保持清醒，警告自己不要再干什么更蠢的事了。

两人相顾无言，都在默默喝酒，奇异的是气氛并不尴尬。

林安奚靠在沙发上看着晶莹的玻璃杯和剔透的酒，忽然轻轻说：“想到一个场景。”

宁辜：“嗯？什么场景啊？”

林安奚放下酒杯，放酒杯的过程中身体前倾，离宁辜更近了一些，他身上干净温暖的气息顿时包裹住宁辜。

宁辜再次无法思考了。

林安奚没有察觉异样，放了酒杯说：“曾经配一个角色的时候，有个场景跟这个场景很像。”说着就直接念了一句台词。

“如果这个世界上还有一个人的存在让我觉得生活是有意义的，那我愿意等他，等到天意苍茫海石枯烂，等到我重新爱上这个世界，等到他出现。”

宁辜立刻反应过来：“《星芒》里的陈晔。”

林安奚挑眉：“嗯哼？”

《星芒》是林安奚上半年回国后参与配音的一部青春成长向动

漫，在宁辜还未从林安奚回国的消息里回过神来时，林安奚给她的另一个惊喜。

林安奚在《星芒》里配音的角色叫陈晔，青春番其实看点也就那样，套路又狗血，网络上评分也不高，可她对于林安奚配音的角色却赞不绝口，因为人设足够逼真动人，经历足够感人至深，以至于这个角色她看了无数遍，也爱了无数遍。

大抵感情是真的到达极致了吧，宁辜说到跟他有关的东西时眼睛都亮了，当真如同海上星芒，耀眼灼人。

“陈晔跟他喜欢的人告白时就是说的这句话。好像……是在一个酒吧，他调了喜欢的人最喜欢的酒递给她，灯光暗下来，只能看到他眼睛里悸动的光。”

宁辜转头瞧一直在看着自己的林安奚，接下他的那句台词。

“而今，我已经等了好多年，好多年。可我相信你会出现，你终将出现。看，我等到了。”

念完又忽然反应过来，这样一说，好像就是自己在对林安奚说一样，便又一瞬间红了脸，酒劲好像被慌乱逼上来，她觉得自己都开始晕乎乎的了，慌张地解释：“那个林安奚，我不是那个……意思……”

林安奚却打断她：“我知道。”

宁辜似乎看到林安奚没有笑。

又或许是她看错了，因为下一秒她就又在他脸上看到和煦笑意。他又重复了一遍：“我知道。”

掷地有声、信誓旦旦，仿佛是一个承诺。

宁辜不知道为什么，那一瞬间忽然很想问：你知道，你知道什么呢？

不，其实你不知道。

你不知道其实这句台词她背诵了千万遍，每一遍每一遍都想念给你听，但是，从来没有机会。

宁辜低了一下头，仰头喝完了杯子里的最后一口酒。

林安奚皱眉，伸手拿过她的杯子。

“傻，酒哪能这么喝呀。”说着，他伸手揉了揉她的头发。

宁辜错愕的表情落在他的眼里，他却仿佛没看见，揉着她的头发揉得十分顺手。

“接下来发生了什么，还记得吗？”他问。

宁辜：“……”

他问的……是那个意思吗？

陈晔跟喜欢的人告白之后发生了什么，她当然记得。

这个角色她印象很深，因为喜欢这句话，这个场景她反复看了无数次，她当然知道接下来发生了什么。

陈晔喜欢的人接受了他的告白，然后，是拥抱、亲吻和不遗余力的热情。

林安奚真的是在问这个吗？为什么会忽然问这个？

宁辜的头挨着他的手，身体都僵硬了，看着他带笑意的眼，眼睛都不敢眨一下。

林安奚又说：“嗯哼？还记得？”

宁辜静默了一瞬，点了点头。

林安奚却忽然低头靠她近一点。呼吸相闻间，林安奚忽然暧昧地笑了一声：“我们，要那样吗？”

宁辜不可置信地瞪大双眼，看进林安奚的眼睛却看到无限深沉的一往情深。

宁辜理智全无，脑子一直绷紧的那根弦直接断掉，她觉得太可怕了，这种感觉太可怕了。她眼睛都迷离了，只能茫然地问：“什……什么？”

林安奚揉了揉她的头发，并未拉开距离，笑容还是一如既往地温柔：“陈晔，接下来说的台词，不是吗？在拥抱亲吻之后。”

宁辜觉得自己要死了。她一定会死的。她无法呼吸无法思考，她……她只想要，面前这个人……

林安奚无知无觉，还在说：“记得当初配这一段时真的配了好多遍，那可真是职业生涯中第一次下海啊，呻吟声是真不好配。”

宁辜：“……”

林安奚：“不过现在倒是信手拈来了，如果你想听的话现在可以现场表演一下。”

可他并没有现场表演的机会了。因为下一秒宁辜忽然握住他的衣角，用力用力握住，咬着唇望着他的样子让他实在无法忽略。

宁辜觉得自己可能是刚刚喝的酒后劲都上来了。她觉得自己的身上好像是有一团火在烧，烧得她丧失理智，她晕晕乎乎的，脑子里一团乱麻，她只能握住林安奚的衣角，仿佛抓住了最后一片慰藉。

她有点想哭，于是说出来的话都带上哭腔："林安奚，可以吗？"

下一秒，林安奚脸上变幻莫测，他还在笑着的眼睛变得意味深长。他优雅迷人，像是美酒一般使人上瘾。

他捏了捏宁辜的脸，轻声说："好。"

求之不得。

宁辜已经不记得她是怎么进房间的了，或许是自己进来的，也或许是被林安奚抱进来的。

她的身体里好像燃了一团火，滚烫的血液翻腾在脉搏里逼得她眼睛发涩。

不知道是怎么到了床上，宁辜跨坐在林安奚的腰上，林安奚的毛衣在拉扯间已经被脱下了，衬衣被揉皱，松松垮垮地搭在肩上，单薄的锁骨一览无遗。

宁辜的手在抖，可她还是一颗一颗地解开林安奚的衬衣扣子。她感觉自己的眼睛里好像灌满了沙，每一次眨眼都让眼睛生疼。疼意沿着血脉钻进心口，她不知怎么忽然就落了泪。

昏昏沉沉间，她感觉到好像有人轻轻摸了一下自己的脸，她在泪眼蒙眬里看到了林安奚深如子夜的眼。

林安奚十指修长，触到她的脸上略微带了点凉意，奇异般地消解了她身上的燥意。

宁辜满脸泪痕，看起来呆呆的。

林安奚帮她擦掉眼泪，轻声说：“乖，不哭了。”

宁辜怎么可能抵抗得住林安奚这样的话，理智全面弃守，扑过去抱住他，他一秒都没迟疑，抬手搂住了她的背。

后来还是林安奚主动，他将宁辜轻轻放在身下。

天已经暗下来，黑暗里看不清林安奚的表情，宁辜却能看到他眼底亮得出奇的光。

拥抱，亲吻。小心翼翼，珍之重之。

林安奚亲吻宁辜的动作温柔到了极致，如同捧在掌心的珍宝。

“乖，抱住我。”林安奚在宁辜耳边轻声呢喃。

他低下头轻轻含了含她的唇珠。

宁辜心悸了一下，疼得厉害。她几乎立刻就落下泪来，她抱住林安奚的腰，用力咬紧了嘴唇。

林安奚却轻易撬开她的嘴唇，长驱直入，温柔辗转。

“乖，再说一次刚刚的话？嗯？”

他双手撑在她的身体两侧，抚摸她的头发，轻声问着，声音低沉，状似引诱。

宁辜睁开迷蒙双眼和他对视，很轻很轻地，带着哭腔说了一句：“我们……要那样吗？”

宁辜不知道自己有没有听错，她听到耳边传来林安奚一声长久的叹息。

宁辜从来没想过有一天她会和自己最喜欢的人在一起，从来从来，哪怕是做梦都不敢想。可是现在他在自己身体里，真真切切地和自己合为一体，他的每一个动作她都能感觉到，他是她的了。

她听见自己说，林安奚，怎么办，这样我会上瘾的。我戒不掉的，怎么办呢，林安奚。她哭了出来，泪如滂沱。

那是她心底最汹涌的声音。

Chapter 02
创伤后应激障碍

后来还是林安奚先醒过来。

其实应该说他根本没睡着。

宁辜最终还是哭得一塌糊涂，咬着嘴唇怎么都不松口，最后抱着他就那么睡了过去。林安奚细心帮她清理干净，又换了新的床单。

凌晨三点钟了，林安奚掀开被子躺进去的时候宁辜倒是很自觉，翻了个身就缩进了他的怀里。林安奚也顺势搂住她，肌肤相贴的感觉让他觉得异常满足。

她睡得很熟，眉间隐隐皱着，嘴唇因为刚刚的反复亲吻变得有点肿，黑暗里并不是很能看清她的脸，可她温热的呼吸却近在咫尺，热到几乎能媲美所有的温暖日光。

她的手臂抱在胸口，那是一个极没有安全感的姿势。林安奚握住她的手缠绕成十指交扣的手势，拉到唇边亲吻的时候，睡衣袖子便掉了下来，左手手腕上有许多伤痕，大部分是旧伤，也有部分是结痂的新伤，伤痕累累，纵横交错。

林安奚盯着她的手臂看了一会儿，眼睛里的情绪深到看不出来。

他摩挲了一会儿她的伤疤，随即将那些错落狰狞的疤放到自己唇边，落下一个吻。一触即走，淡如羽翼。他叹了口气，伸手将她扣进怀里，以绝对占有的姿势与她沉沉睡去。

宁辜像是做了一个梦，梦里的烈火烧干了大地的雪，雨水逆流浇满了整个深灰色的苍穹。她站在时间的错影里，海浪一声一声地涌到耳边，潮水漫上脚背，带来了极度潮湿温热的风。有一个人站在她的身前，那身影单薄透明，空空荡荡如同潮水掉落形成的巨大空洞。她抬手拥抱那个让她不断不断心痛的背影，却又不断不断，一次次跌进新的梦境。

醒来时天已大亮，空荡荡白森森的天花板映入眼帘。她仿佛还在梦境里没有走出来，盯着发白的天花板看了半天，头晕目眩天昏地暗的错觉一瞬间汹涌澎湃，下一秒，她便听到厨房里有叮叮哐哐的声响连绵不绝。

宁辜反射性地撑着身体坐起来却骤然感觉到身体某处传来极大的不适感，她呆了起码有数十秒，才终于反应过来。

所有意识回笼之后，她吓得捂住了嘴。

昨天……

宁辜睁大眼睛。

她哭着的眼，林安奚深如暗夜的眼神，还有那双手，只轻轻抚摸了她的脸，便足以带给她巨大安慰的手。

她和她魂牵梦萦了这许多年、每晚每晚都在朝思暮想的人，发生了最亲密的关系？

为什么会这样？

宁辜捏着被子无法思考，她头疼地想起昨晚好像是自己扑过去，如狼似虎几乎要把人拆吃入腹一般地沾染了林安奚的清白……

为什么，为什么会发生这样的事情。

你为什么这么恬不知耻呢，宁辜？

宁辜几乎立刻就抬手给了自己一耳光。

睡衣滑下来，露出手臂上的伤口，宁辜愣了一下，发现这身睡衣是新换上的。是林安奚帮她换了衣服，那他有没有看到自己手臂上的伤？

酒后乱性简直是大忌。宁辜真是恨极了自己这副模样，好不容易见到自己喜欢了许久的人，结果居然被自己毁了。她咬着唇，有点想哭。

宁辜身体极度不适，脑子现在也是一团乱，无数念头集体造反井喷式灌满脑子，让她感觉头痛欲裂。

深冬的日光本就不够热烈，那热度落到房间也无法温暖她发凉的身体。

正在这时，林安奚轻轻推门走了进来，见到她已经起来下意识一挑眉："醒了？有哪里不舒服吗？"

宁辜满脑子莫名其妙的情绪回不过神，乍然听到他的声音有些被吓到，回过神来看到他之后立刻摇头，抬手揉了揉眼睛装作刚醒的模样，咬着唇轻声说："还好。"

林安奚盯着她被自己揉到发红的眼睛看了一会儿，倏然笑了，走过来轻轻敲了敲她的额头："瞎说。"

宁辜一下子瞪大双眼，揉着眼睛的手都放下来："林安奚……"

林安奚却恍若未闻她的震惊和错愕，弯腰将她从被子里打横抱进怀里，宽大的睡衣往下滑了一下露出圆润的肩头，林安奚的眼睛暗了一下。

"去吃点早餐好不好？做了姜汁撞奶和煎蛋，不知道你喜不喜欢吃，但一会儿你有课，不吃早餐损伤身体。"

宁辜猝不及防地被抱起来，手下意识就搭在了他的肩上。林安奚身上的热度立刻渗进她的脉搏里，血液翻腾涌进心脏。

她的心疼了一下，直直盯着他棱角分明的侧脸，他却步履平稳，抱着她走向客厅，每一步都像踩在了她的心上。

她的手紧握成拳，掌心全是指甲陷进皮肉里的痛感。她听着林安奚的心跳，鼻子又开始泛酸。

她看不清楚他到底在想什么，他到底是什么意思呢？

餐厅的椅子上垫了柔软的地垫，林安奚径自把她抱到了椅子上坐下，顺手摸她的头，把面前的姜汁撞奶递到她跟前："第一次做，不知道你会不会喜欢，先尝尝？"

这话说得极尽温柔，宁辜还反应不过来，看着他跟发呆似的，他便一挑眉，舀了一勺递到她嘴边。

宁辜眨着眼睛不敢相信，愣是张不开口。

林安奚便哄她："乖，吃一口。"

他故意压低了声音，不像哄，倒像是诱。宁辜脑子很乱，好像有千万条缠在一起的线要理，神志不清一样，他哄了一句，她便真的乖乖喝了。

许是她一早上便慢半拍的表现让林安奚彻底不相信她是真的"还好"了，开始事事亲力亲为，穿衣梳发，样样不假她手，宁辜都开始错觉自己是不是个残疾人了。她想拒绝他说自己可以，结果他左一句别闹，右一句乖，四两拨千斤回绝了她所有想要证明自己不是个残疾人的要求。

时间刚好十二点半，林安奚顺了顺她的头发，说："今天只有一堂课吧，现在过去上课刚刚好，你下了课我再来接你。"

之后一路上宁辜都觉得哪里怪怪的，可是又说不上来哪里怪，直到下车时看到学校大门，她忽然反应过来，为什么林安奚会知道她今天有几节课？他为什么会有一种，对她了如指掌的感觉？

她不安，开口："林安奚，你……"

林安奚却拉住她的手将她扯进怀里，抱住她打断："乖，好好上课，下课了给我打电话，我来接你。"

宁辜又成功被带跑，云里雾里的，却抓住了这句话的关键词："电话。"

林安奚便笑着从她的书包里拿出她的手机，调出通讯录给她看，新增联系人里有一个星标联系人，叫"Tea"。

宁辜愣愣地不知道说什么，只能抬头看他，他却还是笑着，和煦温暖。

"傻，昨晚上存的，你不是太累了，先睡了吗！"

宁辜像被戳中哪个点一样，急急忙忙打断他："林安奚……"

林安奚把这归为害羞，善解人意地停了下来，捏了捏她脸："好了，乖，去上课吧。"

宁辜将手机握在手心里，呢大衣里面还穿了一件乳白色高领毛衣，是林安奚亲自帮她挑的亲手帮她换的。冬天的风那么猖獗，却无法通过这毛衣的空隙钻进她的骨缝。

可是为什么呢？她真的不懂啊。

她走了两步，又停下，没有转身，只是背对着林安奚低头，轻轻地说了一句：“林安奚，你想做什么呢，我看不明白啊……”

他们之间静得好像只有风声，林安奚看她低着头的背影，冬日里难得温暖的阳光落在她的头发上，却在她的身上洒了满身寂寞和惆怅。

那一瞬间，林安奚不知道想到了什么，心脏被轻轻扯了一下，却疼得厉害。他闭了闭眼，大步走过去，从背后伸手将她揽进怀里，低头，一个吻落在她的发间，说：“算了，我还有时间，先送你去教室。”

才一点钟，教室里空无一人。林安奚牵着宁辜坐到最后一排，然后从书包里拿出了一堆小零食，在宁辜发愣的眼神中挑了一个提拉米苏的蛋糕打开，用叉子叉了一块递到她嘴边。

“本来想让你自己发现的，但是既然我还在，那我代劳也好。”

宁辜迷迷糊糊吃完蛋糕之后又见他从包里掏出一个暖宝宝贴到了她的毛衣上，然后帮她把大衣给扣了起来。

“天气冷，不希望你被冻着。”

宁辜：“……”

她又被揉了头发。

林安奚一直陪她待到了两点，直到教室陆续有人进来林安奚才站起来，弯腰捏了捏她的脸。

“好了哦，我走了，回头接你下课，如果……哪里有不舒服，就给我打电话。”

宁辜被卖了还帮着数钱似的乖巧点点头。

林安奚忍了一会儿实在没忍住，还是低头用嘴唇碰了碰她的额头。

他没再过多逗留，告别之后直接开车去了录音棚。几个搭档已经在等他了。

林安奚甚少来得这么晚过，几个搭档都打趣他是不是睡过头了。林安奚也不瞒他们，随意道：“也不是，陪女朋友去了。”

这算得上半个实话了，可惜无人相信。

“你可拉倒吧，林安奚，你个万年单身狗会有女朋友？你要告诉我你有男朋友可信度都比这个高。”

林安奚也很无奈，也没再多说，录完了自己的部分和他们打了个招呼便离开了。

他又回到了宁辜的家。也不知道宁辜是心大还是真的放心他，钥匙放在他这里她都没察觉。他想了想还是觉得下次有必要提醒她一下，如果是因为后者，那么他乐见其成，如果是前者，那么他不介意用特殊方式教她女孩子需要时刻小心。

宁辜的房间格局很简单，林安奚轻易便找到了昨晚不小心瞄到的那份诊断书。

XX医院附属心理咨询健康中心

姓名：宁辜

性别：女

年龄：19岁

诊断：PTSD（创伤后应激障碍）

建议：配合医师药剂治疗和心理治疗，尽量不要去会刺激心理的地方，定期做心理辅导。

医师：季衍青

林安奚盯着这份诊断书看了一会儿，又放回原地，掏出手机拨了一个电话。

电话那头很快响起一个清爽的男声。

“嗯哼？有何贵干？”

林安奚笑得极度意味深长：“有事想请你帮忙。”

电话那头的人立刻默默打了个冷战：“可拉倒吧，你个坑货，上次就让我帮你查一个什么小姑娘的信息，老子差点没累死，你知不知道这是在违法的边缘试探了！我只是个黑客，不是个政客啊，你这次又要整什么幺蛾子啊？”

林安奚在这头没什么良心地笑了笑：“还是上次那个姑娘，你帮我查一查，她这些年都经历了些什么事情。先谢了，下次请你吃饭。”

秦书远不知道自己这好朋友是抽哪门子风，怎么就和一个小姑娘死磕上了，他也不好问，同窗三年，好友数年，多少了解林安奚的性格。

“知道了，下次岳楼回来我们再聚吧，就这样，挂了。”

挂了电话之后，林安奚嘴角隐约还能看到些许笑意，可眼里却不见一丝一毫，只有幽深得如同黑暗的情绪。

林安奚看着手机里昨晚拍下来的宁辜的睡颜，蹙着眉仿佛睡不安稳，就算是到了梦里她依然小心翼翼。

你到底，经历了些什么呢？

对于林安奚做的这些，宁辜一概不知，小腹的毛衣上是林安奚亲手贴的暖宝宝，暖意融融。

宁辜抄笔记，抄着抄着，脑子里就不断浮现林安奚的脸，那抹笑，宁辜总觉得他是别有用心的，可是，就算别有用心，也不能用心到自己身上吧？毕竟，他从来不认识自己，偶然遇到已是不可求的恩赐了，她又怎么能肖想其他。

林安奚林安奚林安奚……

她在书的扉页上写他的名字，翻来覆去在心里默念。她想到昨天晚上那些一发不可收拾的泛滥情绪，心脏都被扯起来，酸酸的，有点疼。

为什么呢？爱和痛，都是他给的。

林安奚，我真的看不懂你啊。

一堂大课分两节小课，全部上完之后已经四点多。宁辜遇到不少同学朝她打招呼，她不擅处理这样的人际关系，窘迫感让她迫不得已想找个密闭的空间，也许因为她的病，她从来排斥人多的地方。

她下意识低了头，却在低头的一瞬间听到有人在叫她。

“宁宁。”

哎？

宁宁？

宁辜几乎立刻抬了头，就看到林安奚站在走廊的尽头，她怔了一下。

他穿着卡其色大衣，内搭白色衬衣。不知是否因为光线原因，深冬季节里昏暗的走廊上，他的笑容里蕴藏了无数毛茸茸的温暖，让宁辜的心脏一下子就暖和起来。

好像每一次看到他都会觉得他更好看一点。

宁辜后知后觉地察觉到自己的心脏重新活蹦乱跳，连呼吸都热热的。

“林安奚……”

她小声叫了这么一声，抬手摸了摸胸口。

林安奚却已经穿过汹涌的冷空气走到她面前，使劲揉着她的头发，看着她望着自己傻不拉几的表情笑道：“傻，说了下课要来接你的，这么快就忘了？”

林安奚挑眉，继续逗她：“啊，那我可太伤心了。身为最喜欢的人居然被你忽略了。好吧，你告诉我宁宁，其实你说我是你最喜欢的人都是哄我的吧？好气哦，可还是要保持微笑呢。”

宁辜傻了，连忙摇头，摆着手慌慌张张地解释：“不是这样的，那个，不是哄，也没忘记……”

有时候林安奚会觉得宁辜是故意的。当很多年后她已成为一个好妻子、好妈妈的时候，林安奚依然觉得宁辜现在这副傻傻愣愣的样子就是故意的。故意，让自己一步一步，被这因年岁而发酵膨胀的感情层层包围，再无退路。

宁辜的头发稍短，还未及肩，妹妹头让她脸上的婴儿肥很明显。唇灼若芙蕖，一双眼睛若玉，眼波婉转间格外灵动，她摆着手拼命解释的小模样像极了拼命跑转轮的小仓鼠，娇憨得可爱。

林安奚心头发软，实在忍不住，伸手就将她扯近，拉起她的双臂环住自己的腰，低头靠近她轻声说：“傻，逗你呢，你怎么那么容易上当呢？嗯？我说什么你都信？”

宁辜还在因为他的动作暗暗倒吸气，微有些茫然地点头：“嗯……都信的。”

林安奚眼底情绪骤然深了一下，他靠她更近，抬手抚摸她的脸，说：“刚刚录音回来，回来的路上看到一句话，觉得挺有道理的。”

宁辜不懂他怎么话题换这么快，眨了眨眼睛：“什……什么话？”

林安奚扬起嘴角笑得意味深长，他盯着宁辜殷红的嘴唇：“男生亲吻女孩子的时候一定要经过女孩子的同意。”

宁辜一愣，傻乎乎地半张着口：“啊？”

林安奚便立刻低头吻了上去。

宁辜当即愣在了原地，浑身僵硬。

嘴唇相贴，呼吸相闻，每一寸血液的温度彼此都清晰可见。

宁辜脑子再一次麻了，头脑一片空白，放在林安奚腰上的手也僵了，像根木头似的，她甚至无力思考为什么林安奚说着说着就亲了上来。

林安奚片刻便拉开了和她的距离，他用手指轻轻抚摸了一下还在发愣的她，笑得越发深意：“呀，好像忘记征求你的同意了，现在问还来得及吗？”

宁辜：“……”显然还没回神。

林安奚却一本正经地征求起来：“所以宁宁，我可以亲你吗？”

宁辜：“……”

宁辜觉得自己的血气直冲脑门，甚至让她觉得痛。

可以，只要是你，什么都可以，可这让她怎么说的出口呢？

她张了张口，刚想说些什么，却被背后一声小小的惊呼打断。

两人注意到这不和谐的一声，转过身。

宁辜发现是同班的一个女同学，今天上课时刚好坐在自己旁边。

宁辜的脸一下子就臊热起来，她怎么忘了，这还是在学校啊……

她几乎是下意识就躲进了林安奚的背后，咬着唇十分尴尬。

那名女同学显然也是没想到以宁辜这“陌生人请自动离我三公里开外”的性格居然会和别人这么亲密，一时之间没控制住，被发现了自己也有点尴尬，忙说了数声“不好意思”。

所幸林安奚并不觉得尴尬，大大方方地说了“没关系”。

可是女孩子的好奇心和八卦之魂不可小觑，刚转身没多久就给宁辜发了微信。

“宁辜，刚才唐突了，你和那个帅哥是什么关系啊？”

宁辜捏着手机尴尬得不知道如何是好，仿佛拿了个烫手山芋。她和这个同学接触不多，不，准确来说是她和班里每一位同学都接触不多，自从……去年之后，她到A市上大学定居，和以前的朋友也再没有联系了，她也没有精力去建立新的圈子。不是很熟的人之间聊到这种话题的确有些尴尬，然而造成这一切的罪魁祸首Tea却完全没有尴尬这项觉悟，非常之坦然地接过宁辜的手机，很快回复过去。

“就是你想的那种关系。”

宁辜：“……”

于是宁辜一路上都在想这几个字是什么意思。

你想的那种关系？是怎样的关系？她都有种冲动去问问自己

那个同学，她想的那种关系……她以为的，自己和林安奚是什么关系？为什么，自己一点都不明白呢。

到宁辜家的时候秦书远给林安奚打了个电话，告诉他宁辜的资料已经发他邮箱了，并在最后加了一句："安奚，我知道你在等一个人，如果现在等到了，找到了，那么，看这份资料的时候，做好心理准备。"

林安奚皱了皱眉："好，多谢。"

林安奚开了空调，又帮宁辜脱掉了大衣挂在玄关，他催着宁辜去喝水，自己则掏出手机点开秦书远刚发过来的邮件。

附件有点大，林安奚耐心地等它下载完。

终于，半分钟后，邮箱提示下载完成。

林安奚点开那份文件，首先跳进视线里的一句话就是：宁辜，去年轰动一时的"警察夫妇遇害案"受害者宁瞰与其妻子黄笑的独生女儿。

林安奚狠狠一怔。

林安奚看着文件上的字字句句，几乎是情不自禁抬头看向客厅里正在仰头喝水的人。她脱了臃肿累赘的大衣，修身毛衣贴着每一寸骨骼，身材过于单薄了，一眼望去瘦得吓人。林安奚想到抱着她的感觉，的确轻得过分了。

他的手紧紧握着手机，胸口疼得厉害。

林安奚就那么看着她，随后微微闭了闭眼。闭上眼睛的黑暗里有笑靥如花的她，有她背后的风景，河川秀丽，山河相偎，而她站在阳光里。

可他不知，她曾身处炼狱的黑暗里。

“宁宁。”他叫她。

“嗯？”几乎是立刻，她就看向他的眼睛。莹润透明，宛若星河，而她还依然在光里。

林安奚脑子里又闪过文件里的那几个字：曾看着自己的父母死在眼前。

林安奚觉得心口的钝痛几乎让他失态。

他刚想说话，宁辜却越过他看到了他背后，表情瞬间惊愣，愣愣地盯着他：“那是……”

林安奚顺着她的视线转身，看到了自己下午刚拖过来的行李箱。

林安奚握了握拳头，走过去把她扯进怀里，揉了揉她的头，呼吸有些重，说出来的话却很轻：“从今天开始我搬进来好不好？”

宁辜：“什……什么……”

宁辜有点被吓到，惊慌失措地想要推开林安奚的怀抱，却又被林安奚重新扣进怀里。

他的语气很轻很轻：“你忘了吧，你的钥匙都在我这里。你看啊，我不在的时候你这么不设防，万一出了什么事情呢？我搬进来，就不用怕了啊，对不对？”

简直像哄小孩儿一样。

宁辜觉得哪里不太对，可是又说不出来，迷迷糊糊，眨了无数下眼睛："可是……"

"嘘——"

林安奚打断她，直接将她抱起来。他抱着她走到沙发上坐下，将她放在自己腿上，开了电视说道："下午录音了，很累啊，宁宁下午上了两节课，也应该很累了吧？看电视放松一下？"

宁辜犹豫了一下，轻轻点头。

可是这种姿势，这么亲密的姿势，宁辜根本连思考的余力都没有，更别说看电视，勉强盯了半个小时，电视里讲话的是男是女她都没分出来。林安奚仿佛也察觉到她似乎心不在焉得厉害，捏了捏她的脸忍不住笑道："怎么在发呆呢？不想看电视吗？"

宁辜瞬间回神，慌张地就要否认，林安奚却忽然抱着她帮她换了个姿势坐着，变为跨坐在自己腿上。林安奚没脱大衣，他便扯着她的手环住自己的腰，然后用大衣将她裹起来，低头和她额头相抵，空调房里的两个人都暖得不像话。

林安奚看着她茫然的眼睛说："那宁宁，和我聊会儿天好不好？"

宁辜发现，好像只要是林安奚，不管是什么，她都无法拒绝。她的心好像变成了一块蓄满水的海绵，林安奚每向她靠近一步，她的血液循环便将那蓬勃的水挤进眼眶化为大雾茫茫的湿气。

“好。”她用带着哭腔和颤抖的声音回答。

林安奚便笑了：“想不想听我今天录音的事情？”

宁辜也下意识笑，用力地点头：“嗯！”

林安奚又揉揉她的头：“知道我今天去录了什么吗？”

宁辜摇头。

“《星芒》重制版。”

宁辜惊讶，半张了口：“《星芒》要出重制版了？可是……官方没有说……”

“官方的打算是先出作品，然后再公布信息。”说着，他又没忍住亲了亲她亮晶晶的眼睛。

“你可是第一个知道这个消息的圈外人了，记得替我保密，不然我可要扣工资了，说不定一整季的配音都白配了。”

宁辜一时间也忘了这个亲密到尴尬的姿势了，心里甜意翻腾，她努力才没让自己笑出来，再次用力点了头。

宁辜的头发上有香气，林安奚闻久了觉得舒心，开始把玩她的头发，半晌又像忽然想到什么一般挑眉问：“宁宁，我很好奇，你最初喜欢的是哪个角色？”

他问的应该是自己从哪个角色开始喜欢他的吧。

宁辜有点不好意思，咬着嘴唇眨了半天眼睛，左顾右盼了许久才轻声说：“不是角色……是‘星生’年度海选时，你说的一句话。”

星生是林安奚刚去日本留学时签的第一个工作室，说来也是碰巧，宁辜当时高三，学业繁重，为了减压便时常去一个广播节目里听广播，正逢以培养最优秀的专业CV（声优）为目标的公司——星生进行“听声海选大赛”，她只是在写作业的空隙将广播随意放着，再凝神去听时便听到一句用日语完成的：“大家好，我是九号选手Tea，林安奚。”

她那时候还不知道这句话是什么意思，可她对这个声音一听钟情了。

她就是那个时候喜欢上林安奚的。

包括后来搜索关于他的信息，关注他的每一场比赛，反复听他的每一句配音和念白，甚至在高考之后参加他的第一场也是最后一场线下活动。

那是她第一次喜欢一个人，第一次尝到所谓追逐、所谓仰望的感觉。第一次为一个人只身跑到异国他乡只为见他一面。

那个年岁的宁辜，还会把短发扎成半丸子头在周末时穿最明艳的短裙奔跑在最艳丽的阳光下。那个时候的她，所有可以为林安奚做的事，疯狂的、平凡的，都不可能复制到第二个人身上了。

她那个时候总是和身边的人开玩笑说，那就是她的独一无二。

她第二次为了他去日本的时候是得知他的嗓子受损，可能会就此退出网配圈，她想过去再见他一面，哪怕用尽一切办法。可是在她到日本的第二天便接到母亲的电话，说她的爸爸出事了……

最后一趟日本之行她没见到林安奚，只写了一封信寄到了他的公司，不过可想而知那封信肯定石沉大海。只不过没想到，曾求而不得的林安奚却在自己身边，离自己……那么那么近的距离。

宁辜看着林安奚近在咫尺的眼睛，下意识就摸了一下左手腕上的伤口，有点疼，有点痒。她眨了好几下眼睛将几乎要掉落的泪藏住，带着颤意说："我以前从来……都没想过你会回国……"

还会来到我身边……

我甚至到现在都不敢相信，这是真实的。

你是真实的吗？

宁辜看着他。

他也看着宁辜。

电视机里放着不知所云的广告，配乐却是手嶌葵的《白色街道和蓝色风衣》："あなたと私，きっと愛してる，ずっと愛してる。（我和你，一定是爱着，也一直相爱着的。）"

女声低柔婉转，未拉上的窗帘将夜色放了进来，没有开灯的房间逐渐被黑暗包围。

林安奚在黑暗里揉着她的脸，声音喑哑低沉："我提前完成了学校课程然后回国和朋友成立了一个工作室。《星芒》重制版的配音是由我们工作室负责的，这几天在录音了，想去看看吗？"

宁辜惊愕："可……可以吗？"

林安奚笑："当然，你明天的课在下午，刚好上午就可以过去。”

宁辜看着他，也忍不住笑：“好……好啊。”

她无法拒绝他的，也不会想要拒绝他的。

而且，那是他的世界，他居然愿意把自己的世界分享给她，她怎么可能会拒绝。

两个人相顾无言，唯有相视而笑。

林安奚平复了心底那阵几乎让他压制不住的心疼之后终于理智重新上线，反应过来现在已经很晚了，而他们都还没吃东西。

他喟叹自己有一天竟然也会有这样措手不及的时候，抬手捏住她的脸往外拉扯了一下，问：“去洗澡好不好？我去做饭，想吃什么？”

宁辜抬手摸了一下自己被他捏的地方，眼睛亮晶晶的：“可以点菜吗？”

林安奚：“当然。”

宁辜：“什……什么都可以吗？”

林安奚挑眉：“嗯哼，说说看，我应该可以满足。”

宁辜的手还搭在林安奚的腰间，左右闪躲的眼睛颇有些顾左右而言他的意味。

林安奚也不急，慢悠悠等着。

“我想吃吉事果……可以吗？”

林安奚笑意加深。

“晚上吃这么甜的？”

宁辜硬着头皮点头：“可以再裹一点提拉米苏吗？”

林安奚的眼神顿时就变得意味深长起来，他盯着宁辜游移的眼睛看了一会儿，没说话，只是看着她。

宁辜被盯得不好意思，使劲一咬唇，还是说：“你……你以前在Twitter（推特）上面晒过你做的吉事果……”

许是不好意思到了极致，她话都没说完便直接低了头。林安奚看着她，心底忍不住地叹息。

“真是败给你了……很遗憾，我们宁宁可能要长胖了，今天刚好就从超市里买了面粉和黄油。”

宁辜抬头：“你……”

他低头亲亲她的额头：“好了，去洗澡好不好？洗完澡就可以吃了，Tea特制吉事果。”

宁辜乖乖从他腿上站起来，他抱了自己那么久，腿应该会很麻，她有点不好意思，摸摸鼻子：“林安奚，你……的腿……”

林安奚却打断她，挑眉，背倚在沙发靠背上，一只手臂也搭在上面，有些随意的慵懒。

“嗯？怎么了？这是要邀请我共浴吗？”

宁辜：“……”

“不是，我不是那个意思，我没有……”

林安奚故作惊讶：“啊，原来不是啊。”

宁辜："……"

林安奚简直在“风度翩翩”和“衣冠禽兽”身份上切换自如，宁辜这两天的经历太过魔幻，实在无法跟上他四处发散的思维，只能站在原地手足无措。

林安奚看她这一副被欺负了的模样，忍不住笑了，站起来捏她的脸："好了，逗你的，乖，去洗澡吧。"

宁辜还沉浸在方才的情绪里无法自拔，良久才反应过来这是又被调戏了，一边不好意思地挠头，一边又默默松口气。果然，即使做好了心理建设，可真要和林安奚……的话，果然还是需要勇气啊。

宁辜脸颊发烧地进了浴室，有点想逃。

林安奚在背后笑得很低沉。

宁辜洗完澡出来时林安奚果然已经做好了，被浇上提拉米苏的吉事果看着就甜腻到发慌，但宁辜吃得很开心，吃得心脏发涨，眼睛发酸。

她吃到一半的时候林安奚洗完澡出来了，宁辜看着他没挪开眼睛，林安奚也和她对视了一会儿，然后想到了什么一样，转身进了宁辜的房间，似乎拿了什么东西，然后关上门，将门反锁了起来。

他晃了晃手里拿着的三把钥匙："宁宁，这是你房间的钥匙吧？"

宁辜不明所以，咬着一口吉事果点点头。

林安奚便转身将钥匙丢进了马桶，冲进了下水道。

宁辜：“……”

林安奚：“怎么办呀，宁宁今晚要睡在哪里呢？”

宁辜：“……”

林安奚：“当然不能让我们宁宁睡沙发呀对吧，那只能委屈你一下了，和我一起睡客房吧。”

宁辜：“……”

林安奚走到她身边，将她的椅子转了个方向面对自己，两手撑在餐桌上将她圈在自己怀里，低头笑得坦然无比。

“吉事果好吃吗？”

她几乎条件反射一般回答：“好吃。”

她脑子还在林安奚刚刚的行为中发蒙，转不过弯，但很显然，这是赤裸裸的引诱。可怎么办，她无力抵抗。她像是连续跌进一千零一次梦魇的病人，快要在梦境的沙漠里渴死，却忽然遇到甘泉让她重新沸腾了体内血液。她怎么可能，拒绝得了。

于是下一秒，林安奚便低头轻轻含了一下她的唇，再抬头时眼底情绪已然翻腾：“果然很甜。”

宁辜觉得他应该在说自己嘴唇上沾染的提拉米苏，尚在思索，便骤然被抱起来，林安奚抱着她走向白天他就收拾好的客房：“好困啊。”

宁辜先是紧张，心跳加速，但很快调整好了呼吸，乖顺地搂住他，点头："嗯。"但很快又"啊"了一声，小声说，"但是，还没刷牙……"

林安奚："……"

那天晚上同样是林安奚抱着宁辜睡。昨晚宁辜睡得死，对林安奚抱着她这件事并没有太深的感受，但今晚不一样。

从林安奚的心跳到他清浅的呼吸，以及洗完澡之后身上遗留的沐浴露香气，她都铭诸肺腑。

林安奚给她的温暖，是她曾经求而未果的心上朱砂和窗间明月，宁辜在黑暗里落下泪来，小心翼翼地抱住他的腰。

宁辜少有的，想起自己的父母没有浑身发抖。她想到他们一家三口曾坐在阳台上晒最暖的冬日太阳，爸爸帮她和妈妈剥了橘子递到手里，朋友寄养到她家的橘猫躺在脚边慵懒地一下一下地扫着尾巴。

妈妈吃了一瓣橘子，低头的动作很温柔，她说："这个世界总是骄矜得如同顽童，乐此不疲地引无数人争先恐后葬身于寡淡生活中。柴米油盐，琐碎繁杂，所有的浪漫都会磨净了。可有些人总是蹚过时间的洪流之后，依然温柔了整个宇宙，即使岁月峥嵘，但日复一日，暮暮朝朝，心怀初心，岁岁依旧。"

妈妈对宁辜说："有一天，你一定能遇到一个即使你身处黑暗，依然将他放在心底最干净地方的人，如果遇到了，请一定好好珍惜。我的宝贝。”

宁辜躺在林安奚的怀里，轻轻轻轻，一滴一滴落了泪。

妈妈，我好像找到了。

她说。

Chapter 03
连体婴儿

第二天早上，宁辜是被林安奚从被子里拉起来的。

林安奚身上的热度温暖了她整片模糊的梦境，以至于她沉浸其中无法自拔。

睁开眼睛看到林安奚笑着的眼睛时有点蒙，几根头发掉到睫毛上，她伸手揉了揉，可眼睛上还是痒痒的，于是她又揉了揉。

林安奚一大早上就被她逗笑，见她揉了半天也不住手，伸手将她的手握进手心，笑道：“眼睛都揉红了，怎么了，我欺负你了？”

宁辜大早上天然呆的属性暴露无遗，看着眼前的人，下意识就摇头:“没……没有，不是……”

不是那个意思……

林安奚却挑眉，弯腰将她抱起来走进洗漱间。

“也是，是欺负了。”

哎?

宁辜手搭在他的肩上，盯着他线条流畅的下颌线。林安奚抱她坐到洗漱台上，帮她挤了牙膏接了温水，抬头见她还傻愣愣盯着自己，又轻飘飘道:“没办法，宁宁太可爱了，就是忍不住欺负。”

宁辜:“……”

宁辜下意识就移开了视线，用力握着牙刷塞进嘴里，胡乱刷着牙不敢搭话。她好像明白了他是什么意思，一大早被这几句话弄得小鹿乱跳，顿时脸颊发热，眼睛都不敢往他那儿靠。

她把牙当鞋刷，耳朵里全是刺啦刺啦的声音，却好像也没有盖住心跳的声音。

林安奚在一旁看了她一会儿，意味不明，蓦地又笑了。他扯了扯她鼓起的脸颊，靠近她，低头亲了亲她的嘴角，亲到了一嘴的牙膏清甜，却毫不在意，轻声说:“等下吃完早餐和我一起去录音室?”

宁辜愣了一下，很快又点点头。她刷着牙轻声道:“好。”

宁辜从来没想过有朝一日她能来到林安奚的工作室，被林安奚牵着一路走到电梯门口的时候她都如在梦里，尤其是一路上都有林安奚认识的人在同他打招呼并且对自己抱以探究目光的时候。

那些目光让她不适，让她紧张，让她无所遁形。她好像又看到了母亲她……逐渐涣散的眼神，那里面分明饱含了对生的一切热望，可是……可是为了她，是为了她……宁辜下意识就低了头，垂在身侧的那只手狠狠地握紧，指甲直接陷进了皮肉里。

她的呼吸有点加重，可林安奚却在电梯门开的时候握着她的手换了一个交缠的姿势。宁辜一瞬间如梦初醒，盯着两人十指相扣的手有点回不过神来。她抬头看了他一眼，他却没在看她，只是抬手摁了一个楼层。

宁辜在抬头的时候才发现自己的眼睛似乎湿了，她眨了几下眼，低头掩饰掉了自己刚刚几乎慌乱的情绪。

林安奚在她眼神错开的那一瞬间低头看了她，她略有忡怔的眼还有苍白的脸悉数落入眼底。林安奚眼睛里不知道藏了什么情绪，深不见底。

林安奚看着她说："啊，忘了告诉你，宁宁，你知道我等下要录的片段是哪一段吗？"

宁辜浑然不觉这是个小圈套，傻了吧唧地抬头问："哪一段？"

林安奚盯着她略微湿漉的眼睛笑得缱绻温柔，说出来的话却全不是那么回事。他低头凑近她的耳朵，吐气如兰："第一次见面还记得吗？"

宁辜还没反应过来，不明所以：“嗯？”

林安奚拉开和她的距离，眼睛里的笑意深得几乎淹没她。

“我们的。”

“叮——”电梯门开了。

宁辜猛地睁大眼睛，心下意识就跳漏了一拍。

他们第一次见面……不就是……

宁辜的心几乎要从胸口跳出来，脑子里的所有情绪都忘了个干净，只剩下“第一次见面”这几个字在转。偏林安奚还跟没事人一样，他牵着她出了电梯门，若无其事地朝她笑：“想起来了？今天人生中二次下海，一会儿肯定有许许多多的人来跟你科普我的下海经历。”

宁辜讷讷道：“科普、下海经历……”

林安奚低声道：“嗯，宁宁要记住了，千万不要被他们骗了。”

说着正有个男生从标着“Tea工作室”的房间里推门出来，看到林安奚后眼睛里燃起熊熊希望之光，朝着林安奚就飞奔而来，抓着林安奚就开始痛哭流涕：“老大啊老大，你终于来了！你再不来我们就要集体去炸你家了！人风早前辈都等你半天了！你身为人家的关门弟子让人家等这么久真的好吗？和你配对手戏的秦岭老师都录完自己的吃了个饭回来了！这不像你啊，老大！我们都要给你跪了，好吗！你再不来我们真的就要去你家来一出血溅三尺了！”

来人风风火火地说了一通也不管别人听清楚没有，过了把嘴瘾之后才一转头，看到站在林安奚旁边的宁辜，并且视线一飘，看到了两人十指相扣的手。

他吓得松开了林安奚的衣服，后退了好几步。

宁辜看着他惊恐的眼神有些不适地咬了咬唇。

林安奚叹了口气，无奈：“你嘴里说出来的话，有八分是不能信的。”话罢又对宁辜介绍，“这是小乙，你应该知道的。”

宁辜眼睛亮了一下，点点头。

小乙她当然知道，林安奚还在日本的时候就经常和他合作，两个人是同一个学校同一个公司的，后来林安奚回国，他也义无反顾地跟着林安奚一起回来。

外人对小乙的评价多是少年嗓音，仿佛时光刻意温柔，多年过去，他依然是一个长不大的孩子，声音里充满朝气和阳光活力。

宁辜之前听很多广播剧的花絮录音时，就觉得小乙应该是一个阳光又热情的人，有这样声音的人，合该天生灼目耀眼。这一次见到真人，见到他风风火火的行事风格，果真当得起“少年”二字。

林安奚身边的人事，她总是有兴趣探究一二，一不小心分在小乙身上的目光就多了些。林安奚见她半天没说话便转头看了她，见她目光放在小乙身上尚未收回，立刻就挑了眉，抬手揉了她的头，笑容都温柔了几分，说：“这是宁辜。”

小乙被林安奚脸上的笑容吓得又后退了几步，磕磕巴巴地对着宁辜打了个招呼："你你你……你好……"

宁辜有些不好意思，立刻上前一步，声音也不利索："你……你好……"

小乙刚想说话，林安奚就把宁辜拉到自己身边，似笑非笑地问小乙："老师在录音室吗？"

小乙看着林安奚占有欲十足的动作，到了嘴边的话又咽了下去，翻了个巨大的白眼，没好气地哼哼："是啊是啊，也就是风早前辈还愿意惯着你，知道你一力承办这次《星芒》重制版配音，非要从日本飞过来帮衬你，就你之前非要回国那劲头，要是别人都得踹死你。"

林安奚充耳不闻，转头就对宁辜说："风早老师是我的恩师，等下介绍你们认识。"

很好，小乙快被气死了。

但他也没气多久，因为很快林安奚就进了录音棚，专心致志对台词下手去了，而他终于找到机会凑到宁辜跟前打探军情。

宁辜坐在录音棚外的沙发上，握着一个保温杯发呆，胸口的起伏有些大，和她的心跳声一样。

刚刚林安奚带着她和风早前辈打过招呼之后，本来已经要进录音棚了，可忽然转过身来看着她，低头对风早老师说了句什么之后便走向她，拉着她的手脚下生风一般走进了办公室。

宁辜遇上他脑子总是不那么灵泛，她讷讷地以为是自己不方便在录音棚外面待着，所以才被带进办公室，可是下一秒被抱上办公桌堵住嘴唇后她就丧失了思考能力。

你说，为什么会有这么、这么狡猾的人存在呢？

分明就是，存了心让她眼睛里看不到别人啊。

他不断亲吻摩挲她的嘴唇，连呼吸都带上绝对的缱绻。宁辜抱着他的腰，忽然就心酸了，想落泪。

最后林安奚松开她的时候，她的嘴唇已经带上了明显的妍丽，殷红逼人。林安奚盯着她的嘴唇看了一会儿，忽然便笑了，可眼神却深得让宁辜看不透。

他说："乖，要等我。"

要看着我。

最好满眼都是我。

宁辜点点头，林安奚将她从桌子上抱下来，牵着她往外走。宁辜看着他的背影，瘦削修长，像是从她的梦境里走出来的。

宁辜心头又酸了一下，她拉住他，低着头，慢慢说："林安奚，我会当真的，我最容易当真了。"

她以为只是偶遇了最喜欢的人而已，却在第二天早上醒来时看到他的睡颜，她以为只是单纯来看看他工作时的样子，却被告知他很重要的老师也在，她以为只是走了运，却好像是一遍一遍被他捧在手心。

宁辜将手从他的手心里抽出来，慢慢慢慢，苦涩地笑了。

你知道吗？我总是轻而易举就会当真，会陷进去。当初妈妈说爸爸不会有事，说他们会平安回去，我当了真，可是爸爸妈妈再也没有回来，他们永远葬身在一片废墟之地，到现在，背对着黑暗将她护在身前的母亲的眼睛她都还记得：那双渐渐涣散，失了生机的眼睛。

现在是你。何况是你。为什么是你。

一遍又一遍，她还是会忍不住当真的。

林安奚看着她低下去的头，像是溺水时最无助的人，放弃了那块她不太确定的浮木。林安奚又想到了她的病，还有她的经历，心脏上密密麻麻的疼意又卷土重来，他几乎立刻又握住她松开的手，良久一声叹息："那就当真好了。"

那就当真好了。

宁辜发着呆，无法想通这简单的六个字。

那之后林安奚进了录音棚，而她坐在录音棚外发呆，视线凝固在了林安奚消失的门边。以至于小乙在她眼前晃了半天，她都没发现他的存在。小乙是真郁闷，也是真会找存在感，晃荡了半天也没见人搭理自己，便咳了咳。

然后……

宁辜还是没理他……

小乙："……"

小乙十分坚持不懈持之以恒，于是他使劲咳了咳，十分使劲咳了咳，非常使劲地咳了咳。

一连咳了无数下，甚至让他怀疑自己是否会将肺咳出来时，宁辜仿佛被定住的眼神终于动了动，然后她抬了抬眼，轻易和小乙对视了。

小乙几乎下意识地说：“哈哈哈哈……哈喽，你好。”

宁辜好一会儿才反应过来，也下意识站起来，磕磕巴巴道：“那个，小乙老师你好，我叫宁辜。”

宁辜有点懊恼，看他的样子应该来了有一会儿了，可是自己并没有第一时间发现他的存在。宁辜觉得自己还真是成事不足败事有余，林安奚身边的人啊，她总是不愿意怠慢，可偏偏又事到临头便行差步错。

可对方显然更多沉浸在终于引起她注意的喜悦之中，丝毫不觉她有何怠慢，见她一口一个老师也是深得他意。和林安奚待久了的人似乎都有爱挑眉的习惯，小乙也挑了挑眉，说：“哎呀，还真有这么个人存在啊，之前Tea说的时候我们都当他开玩笑呢。我跟你说啊，别看Tea平常一副正儿八经的样子，其实他……”

其实这番话宁辜多半是没听懂，但他这开头显然是来打小报告的，然而挑拨离间的话来不及说完，小乙便看到了宁辜脖子上的一枚红痕。

小乙：“……”

小乙大怒：“林安奚你这个浑蛋，你简直不是人！”

宁辜：“……”

一直到林安奚录音结束，宁辜都没能理解小乙的怒火来自哪里，坐在沙发上继续发她的呆。

今日是个难得的好天气，阳光冲破雾霾肆意挥霍所剩无几的温暖，连不甚清明的天都显得绵软。

先从录音棚出来的人并不是林安奚，是林安奚的恩师风早铃央。知道风早前辈是林安奚恩师的人大概也只有最初的一批粉丝了。早年林安奚去日本留学时恰逢风早前辈自己开工作室单打独斗，赏识林安奚的声音想与他合作，虽然最终没能如愿，但到底欣赏他多变的声线，给予过许多指导，业内俗称关门弟子。宁辜有幸见过林安奚和她的合照，照片上的风早前辈笑得十足温和，显然对这个关门弟子十分满意。

宁辜知晓风早前辈给予过林安奚极大的帮助甚至鼓励他度过了最艰难的低谷期，因此也对这位前辈十分尊重和感激。见到她出来，宁辜立刻站起来对她弯了弯腰。

风早便也朝她笑着点了点头，走到她身边坐下，用中文说了一句你好。

意外的是，中文很好。

宁辜诧异：“您的中文很棒。”

风早做了一个自豪的表情，继续用中文说：“我老公非常喜欢中国，所以，我们有在学中文。谢谢你的夸奖。”

她看着有些拘谨的宁辜，温和笑笑：“小姑娘，你是不是和Tea，在一起了？”

宁辜没想到她会这么问，顿时愣怔。

风早前辈越发温柔，仿佛长辈看向小辈时，眼神总会不自觉柔软：“你长得很可爱，肉肉的，很可爱。你们中文……叫……什么？”她思索了一番，似乎还是没能想起那句中文怎么讲，于是她用日语说了一遍。

宁辜却听懂了那句日语，反应过来接口道：“婴儿肥？”

风早明显愣了一下，用日语问：“你会日语？”

宁辜有些不好意思地挠头：“会一点点。”

互相能理解对方的语言便意味着友谊的桥梁八字不仅有了一撇，一捺可能都画一半了。林安奚收拾完录音棚出来时宁辜和风早老师已经不知道怎么聊到他头上了。

宁辜虽然在外人面前总是不自在容易紧张，但风早老师健谈，又是林安奚的恩师，两人聊起来不算惊奇，令林安奚惊奇的是两个人居然在用日语交流。

如果没有记错的话，秦书远当初给他的资料里，从来没有她去日本留学这一条，可她现在却将日语讲得这么好，他从来不知道。

“Tea有段时间状态不是很好，你是他粉丝的话应该了解，他那段时间嗓子坏了，又被同门师兄坑了一把，许多商演都被迫终止，那段时间他特别消极，每天都在家里，不出门不说话，差点退出了这个行业。

“我那个时候真担心啊！他的嗓子是真的得天独厚，变化多端各类情绪都能切换自如，简直天生吃这一碗饭的，我担心他会就此被埋没，想让他自己站起来，他却似乎已经萌生了退出的念头，可不知道之后发生了什么，他忽然又振作了起来，原因不可考，他也不愿意说，但他愿意重新振作起来就是个好消息，他一边忙着学业一边做康复训练，过得十分辛苦。”

那一段时间从旁观者听来还真是挺新奇，应该说从旁人眼中看自己就是件很新奇的事。其实那段时间对他而言不过是人生这段旅程中的一个小插曲，太过顺风顺水了总是容易遭天妒，后来的反噬只怕更让人无力招架，所以他倒是感谢那个时间的狠狠一击，所幸也已经过去。林安奚发觉自己竟有些好奇宁辜的反应，于是他也没走近，兀自靠在了录音棚的门框上，抄着手听她们两个聊自己，并不觉得意兴阑珊，反觉津津有味。

他看到宁辜听了老师这一段话后有明显的怔怔，随即低下头，轻轻呢喃：“我知道他那个时候，那个时候无法接近他，就给他写了封信，不过，应该只是寄到了公司，没到他手里……”

风早点点头：“一般这些信件都会由公司统一保管，除非必要，否则不会交给声优本人。不过也无所谓了，现在你还是走到了他身边，这就够了。”她替宁辜整理了一下领子，笑道，“我看得出来，你很喜欢他，别的我也不多说了，他这些年过得很不容易，能找到你陪着他我也算放心了，虽然只见过一面，但我能看出来你是个好孩子，你……”

话未说完，她忽然也看到了宁辜脖子上那一枚鲜红欲滴的印记。

风早一下子就撑不住笑了，无奈得像是看到自家熊孩子揪了邻居家小妹妹辫子一样，忍不住轻声用日语骂了一句：“Tea这个坏小子，生怕别人不知道吗？”

宁辜：“……”

风早说着将自己的丝巾解下来缠在宁辜的脖子上：“以后可千万不能让这个坏小子把痕迹留在这里了，太明显了。”

宁辜总算反应过来风早前辈是什么意思，也忽然反应过来小乙刚刚是什么意思。她“啊”了一声，脸颊忽然就烧红起来，咬着唇支支吾吾想解释，却难为情地什么也说不出口。

林安奚好整以暇地欣赏了一会儿，随即不知道安的什么心走了过去，笑着道：“老师，您别打趣她了，她脸皮薄，经不住这样逗。”

他径自走到宁辜旁边坐下，非常自然地搂了她的腰。

宁辜诧异他的突然出现，惊愕的视线落在他身上就没再移开。

林安奚十分享受她眼睛里满满都是自己的状态，转而对无可奈何看着自己的风早老师说：“这姑娘，害羞起来……”

“林安奚！”没说完的话被反应过来的宁辜骤然打断。

林安奚闻声顺势将她搂进怀里，小声哄：“好了，我不提了。”话罢又对风早老师说，“老师您看，她真的容易害羞。”

风早早对他的小心思洞若观火，也不点明，只道：“坏小子，可不准欺负人家小姑娘！”

林安奚便笑，将宁辜揉在怀里，心脏满满当当蓄满了水。

欺负了吗？怎么舍得欺负呢？又怎么舍得不欺负呢？

宁辜下午去上课的时候林安奚去补录了一些台词，给宁辜发了信息说会晚点来接她吃饭。宁辜刚好课间，抬手回了个“好”过去。她翻看了一下自己和林安奚的聊天记录，从加上好友到现在，也只留下了寥寥数语，林安奚更多时候会直接打个电话给她。这样想想好像他们也真的没认识多久。

也不对，应该说，林安奚认识她，没多久。

聊天信息很快翻到了头，宁辜又不厌其烦地拉到最底端。手机开了静音，她才发现林安奚已经回了一条信息过来。

是一张图片，打开来看是小乙和他的聊天记录。

帅乙本乙：“林安奚请你立刻自我了断好吗！你这个叛徒！有了妹子居然没有第一时间告诉我！你背叛了我对你的信任！你对得起我们的同门之谊校友之情吗！你再也不是曾经的你了，你身上再也没有单身狗的清香了！快告诉我！你到底什么时候勾搭上人家的！你这个不要脸的浑蛋啊浑蛋！人家小姑娘看着就单纯得不行，肯定是被你骗来的吧？你知不知道这是犯法的！”

Tea：“哦。”

帅乙本乙：“啊啊啊，你神经病啊！有对象了不起吗？我买对象棋我也有对象呢！我不只有对象我还有对牛对马呢！你嚣张什么，有多了不起啊！”

Tea发了个黄豆脸的微笑表情，回了一句：“很了不起。”

帅乙本乙：“……”

宁辜盯着最后那句话看了半分钟，心底涌起一阵涩涩的甜意，却又觉得这段对话的走向怎么看怎么诡异。

宁辜摸不着头脑，就见那头林安奚又发过来一句：“怎么办，由于事件影响恶劣，我很有可能会被灭口哎。”

宁辜盯着那一串没有温度的字眼，却几乎看到林安奚悠悠然故作叹息的模样。

宁辜没忍住笑，又立刻想到小乙白天那副抓狂到极致的表情，思考着将这件事跟林安奚描述了一下。

“怎么办，小乙老师好像真的有点生气。”

林安奚却因为她对小乙的称呼而挑了眉，漫不经心回一句：“啧，他跟你也这么说了？说我是浑蛋？果然还是防不胜防啊。”

宁辜觉得完蛋了，她仿佛又看到他故意叹息的样子了，而她竟然觉得很可爱。

那边又很快回了一句过来：“我知道的，宁宁肯定不会相信，我浑不浑蛋，你应该最清楚不过了是吧？”

宁辜：“啊？”

林安奚这次录入语音：“宁宁，你觉得我是吗？”

宁辜的心，因为这句话动了一下。

她无法回复这话，只能转移话题，微微颤抖着手打字：“那个事件……影响恶劣是什么意思啊。”

林安奚也不拆穿她，顺着接话：“大概是在为今后即将源源不断的吃狗粮生活感到迷茫吧。但没关系，他们也饿得太久了，装这么点分量的碗应该还是有的，不用在意他们。”

宁辜：“……”

她真不想笑的，可林安奚总是有这样的本事，一边让她的心脏酸疼一边无法压下唇边的笑意。她多想告诉他啊，多想让他知道：林安奚，人都是很贪心的，得到一点温暖就会贪恋更多，到最后欲望就会决堤了，那么有朝一日，你一定会厌烦的。

许是见她半晌没回复，林安奚也消失了一会儿，她只当他去忙了，下一瞬他的电话却打了进来。

宁辜一愣，条件反射地紧张，按了接听键：“喂？”

电话那头林安奚嗓音低沉，笑时宁辜耳朵都有些发痒。

林安奚十足慵懒的声音像是窗外难得一见的阳光般撩人柔软：“下课了？”

宁辜知道他看不见，却还是乖巧地点了点头：“嗯。”

“半天不回复，怎么了？不好意思了？”

宁搴："……"

"还是，在想我？"

宁搴："没！没有！"斩钉截铁的语气跟洗刷冤屈似的。

"嗯？"这回答有点出乎意料，林安奚含了半分疑惑："没有什么？没有在不好意思，还是没有在想我？"

宁搴红着脸噤声，林安奚问完一番却满意了，在那头低沉地笑，嗓音醇厚诱人。

林安奚逗宁搴总是容易上瘾，此刻在电话这头，他都能感觉到她那边透过呼吸传出来的局促和炽热气息。他不知道想到了什么，心下难耐地痒了一下，轻声说："又不好意思了？我们宁宁怎么这么可爱呢？好了，我的错好不好？不闹了，只有一节课了吧。"

宁搴见他放过自己，忙不迭点头应声："嗯。"

林安奚："好，那等下我来接你，陪我去一趟机场？我一个朋友回国，陪我去接一下他。"

宁搴："……"

林安奚的语气太过轻描淡写，可对她来说，眼下俨然是和见家长的严峻程度划等号，她总是不明白林安奚想做什么，不懂，也看不透的。

一直到坐上林安奚的车她都还处于恍惚状态。林安奚的车里特意调高了温度，有阳光的冬天并不算冷，车里更加温暖，林安奚先是握住她的手检查了一下，转而抬眼对上她有些不聚焦的眼神。

林安奚什么都没说只是打开音箱放了首歌，是女声版《听见下雨的声音》，正巧又是宁辜喜欢的歌，宁辜便没什么悬念地被歌声吸引。歌词唱到“回忆是一行行无从剪接的风景，爱始终年轻”时，她的眼神轻轻动了一下。

恰巧是红灯，林安奚转过头看她，伸手帮她理了理额前的发。

“我这个朋友最喜欢这首歌了，读高中那会儿抱着一把吉他，跑到人家女生宿舍楼下放肆大唱，直嚷嚷着要用自己的歌声和才华征服学校所有的女性成为一代传奇，结果传奇没成倒是引来宿管阿姨好一通骂还抢了他的吉他，后来在校慈善募捐会上拍卖就此成了个笑话，是不是很奇葩。”

宁辜不知道怎么接这话，有些犹豫，林安奚却善解人意地没让她为难，自己又说：“高中之后他出国读书去了，之后又在本校读了博，最近是为了归国扫墓，也是为了回国发展。

宁辜瞠了一下眼睛，呢喃：“扫……扫墓？”

林安奚笑着“嗯”了一声：“他是一个很好相处且十分有趣的人，所以不要紧张，就怕你太喜欢他，不过我是不是应该防着点，万一你喜欢他比喜欢我更多了一些呢？”

宁辜这下意外得十分明显，立刻摇头摆手：“怎么可能……不会的……”

怎么可能会比喜欢你更多一点呢？明明喜欢你已经喜欢到没办法更喜欢了啊。

林安奚当然知道，他的担心当然也是假的，他不过就是爱看她满心满眼都是自己的样子。他十分满意她的答案，笑着，趁右拐时低头亲了亲她的额头。

“乖。”

林安奚这么一闹宁辜也忘了紧张，仔细想想也不过是见林安奚的朋友而已，即使她再看不懂他，他从来没有正面回答过两人关系的问题，可他默许甚至是纵容自己一点点渗透他的生活，这也总归是好的发展吧……

她死死握着林安奚的手，努力这么安慰自己，拼了命压制自己心底不断涌上来的怯意，那是对于认识陌生人生理上的恐惧。

可是很显然，她低估了林安奚制造惊喜的手段和能力。

在她毫无防备的时候，没见到林安奚归国的好友，倒是先见到了他国内的另一好友……

她被林安奚牵着，亲眼看到林安奚和面前高大清俊的男子拥抱对拳的样子，怎么都无法缓过神来。她觉得自己的眼前好像起了一层白茫茫的大雾，遮天蔽日的黑暗席卷而来。她的血液里好像翻腾叫嚣起了无数名为“不适”的东西，这些碎片在身体里横冲直撞随后一齐涌上眼底，她的鼻尖一酸，腿软着下意识往后退了一步。林安奚却准确无误地伸手将她揽进怀里，朝对面的人说：“这是宁辜。”

“这是我另一个好友，秦书远。”显然，这句是对宁辜说的。

秦书远望着宁辜的表情有些莫测，还不待宁辜做出反应，秦书远却忽地走近宁辜啧啧了两声，颇有些不怀好意地对林安奚说："哟，找到了？"

林安奚脸上的笑纹丝不动，也没说话。

宁辜暗自深呼吸，强行让自己镇定下来，却是听清了秦书远的话，却没怎么听懂，只问："什么？"

秦书远笑容温和："没什么，我叫秦书远，很高兴认识你，宁辜。"

他对她伸出手。

宁辜轻轻与他握手。

不过片刻，他们今日等的主角岳楼便从出口出来。一件浅黄色长款卫衣，一顶深蓝色鸭舌帽，还戴了一个巨大的墨镜，明明一身风尘，却在看到他们三人时露出了一个晴日里灼人太阳般的笑容。

他飞奔而来，给了林安奚和秦书远一人一个大熊抱，预备抱宁辜的时候被林安奚扯了一把，他便立刻反应过来，大惊小怪地喊了一声："哎哟我去，这个漂亮小妹妹是谁？"

盯着她看了一会儿，岳楼眼睛瞪得如同铜铃，一边拍打林安奚的手臂一边大喘气："这不是这不是这不是那个那个那个……林安奚你在日本的那个啥嘛，你找到她了？怎么不和我说？"

林安奚还没来得及回答，秦书远便一把伸手捂了他的嘴往旁边扯："你不说话没人把你当哑巴。"

岳楼呜呜哇哇地说不出完整的话，只能不断地拍打秦书远的手，等秦书远终于松开他，他立刻不满地抗议："秦书远，你是不是看老子不顺眼，你是不是不想让老子回来，我这才刚从九万里高空落地呢你就这么对我！你说你是不是怕我回来了抢你风头！"

秦书远懒得理他，拍拍手转身就走，不带走一片云彩。岳楼最受不了这种一拳打在棉花上的感觉了，立马跟上去继续叨叨。

林安奚早习惯了他们这种相处模式，只能无奈牵着宁辜跟上他们。但宁辜还沉浸在岳楼与秦书远见到自己时的反应。

他们是什么意思？

她忽然觉得很神奇，似乎跟林安奚扯上关系的人与事，都容易给她带来意想不到的惊喜。小乙是，林安奚最好的两个朋友无疑也是。

岳楼这次回来说是扫墓，其实更多的是帮自己曾祖父换个墓地，以前那个墓地的合约到期了，他有朋友干这一行的，比较好办事。打了电话过去，人现在在殡仪馆有事，岳楼正好也因为工作需求要去一趟殡仪馆，顺带一起了。

宁辜从一开始说要去殡仪馆的时候就开始犯怔，脑子里疑惑的事情全忘了，坐在林安奚旁边却看着窗外风景发呆，眼睛如洗，青空在其中一扫而过。

林安奚边开车边抽空瞅了她一眼，正好被坐在后座的秦书远和岳楼捕捉到，岳楼热衷于爆自己老友的各种料，有心和她搭话，清了清嗓子坏笑说：“呀，我们林安奚大人也会有这一天啊，佳人在侧，注意力却没放在你身上，这可真是少见呀，稀奇。”

林安奚闻言转头看了一眼宁辜，宁辜正好因为听清楚岳楼的话而看向他，两人视线相碰，宁辜呼吸快了些，立刻转开了视线，林安奚低声笑。宁辜有点尴尬：“那个，不是，我刚刚在想事情……”

岳楼一副了然于胸的表情，只是笑容越发揶揄：“啊，这样啊，那是我误会了，也是哦，我们林老大以前在学校的时候就特别招女孩子喜欢，何况现在魅力不减当年。”

他自来熟地往宁辜椅背上凑了一下：“你不知道，那会儿我们刚上高二吧，分完班，我不幸和他一个班，当时我们是理重班，班上总共就九个女生，全部都冲这个家伙来的。”

说完，他又像想起什么一般前倾趴在了林安奚的椅背上望着宁辜，问：“采访你一下宁辜同学，能告诉我，你们都喜欢他哪里吗？”

宁辜“啊”了一声，有些为难地看了看林安奚。这个问题，她还真回答不出来。

喜欢他哪里？好像都喜欢的，只要是他……就都喜欢的。

所幸岳楼也不是真的要她回答，车里沉默了一会儿，秦书远看一眼岳楼，岳楼便摸了摸下巴，兀自打破尴尬。

“好吧，我承认，这个家伙是有那么一点点帅啦，虽然比我还差得远，不过他那会儿还真挺高冷的，我们班花跟他告白他都不接受……是没接受吧，书远？”他忽然不确定一般问秦书远。

秦书远在那头睨他一眼，看傻子一样：“你觉得呢？”

岳楼浑然不觉，答道：“我觉得肯定是没接受啊，林安奚这个家伙高冷成那样，一脸‘别搞我没结果’的阎王样子，怎么可能答应。不过说来也怪，你说他那么高冷，怎么就对日本那谁念念不忘呢……”

一个急刹车，岳楼因为惯性猛地撞到驾驶座的椅背上，他觉得自己要被撞成脑震荡了，所以更严重觉得这是林安奚故意的，于是他坐定的第一件事就是怒气冲冲地质问：“林安奚你是不是故意……”音量骤然小了八度，“的……”

他发现，刚刚还在认真听他讲话的姑娘此刻已经脸色发白，略微有些惊愕地发呆，水灵的眼睛里也失了神采。

他回想了一下自己刚刚说的话，瞬间反应过来，暗骂自己多嘴，自觉闭嘴不言。

很快，便到了殡仪馆。

岳楼回国之前就已经和他朋友打好招呼，下了车便立刻看到有人等在殡仪馆门口。

岳楼生得白白净净，身材单薄，交的朋友却是个大块头，留着板寸，穿了身黑衣，看着很有安全感。

岳楼的朋友林安奚和秦书远也都认识，宁辜心不在焉跟着下了车，她被林安奚握着手，看着大同小异的殡仪馆装潢，感到一阵头晕目眩。

明明今天出门前林安奚特意给她穿了很多，为什么她还是觉得冷呢？门口有一男一女搀着一位妇人打扮的女人从殡仪馆内走出来，手里抱了个方正的盒子，三人眼圈都红红的。那妇人有些站不稳，只有借着那对男女的力量才能勉强前行。

宁辜瞧着瞧着，不知为何就觉得天旋地转，脑子里那些尖锐的疼痛全部叫嚣着涌到眼前，她一瞬间像是看到了父母葬礼的那天。下着雨，她撑着黑色的伞，只有她一个人，她站在殡仪馆门口，抱着父母的骨灰盒，连流泪都浑然不知。

她觉得冷，好像所有的热度都流失，被林安奚握住的掌心里全是冷冰冰的汗。她意识不清，下意识往后退了一步，但很快被林安奚扯了回来。

林安奚察觉到她的不对劲，看着她发白的脸，微不可察地皱了皱眉。

“宁宁？”

他叫她，把她扯近自己，身体贴着身体的距离。

“怎么了，宁宁，你脸色很不好，哪里不舒服？”

在一旁等待的秦书远也抬头看着她。

“怎么了，宁辜？不舒服？要不要先回车里休息一会儿？”

宁辜轻轻摇了摇头，勉力笑着表达了谢意和歉意：“我没事……可能有点冷……”

秦书远挑眉，林安奚则加深了眼底的笑意，伸手便将她拽进怀里，用自己的大衣裹起来。

“值得奖励，我们宁宁学会撒娇了呢。”

宁辜没说话，她双手死死抱住林安奚的腰，闭上双眼感受他身体的温度，贪婪一般闻着他身上的气味。他的身上似乎有种清淡的冷香，奇异地缓解了她尖锐的眩晕感，连同她被逼出来的泪都重新进入血液，重新成为她的温度。

她想，林安奚应该是她的药，是她望一眼就会心安的药。

岳楼拿到自己想要的文件后，本打算跟林安奚说下一步就去墓地看他曾祖父，结果转过身就瞧见那两人抱作一团，连体婴儿一般。他先是一愣，接着翻了个巨大的白眼，撒狗粮不带这样撒的，太过分了啊！

于是一直到了墓园岳楼都没再理林安奚，连带着宁辜和秦书远也受波及，被岳楼高冷地用鼻孔注视了。

然而三人都没空理他，秦书远是因为习惯了，懒得理这货，越理他越来劲。宁辜是因为看到墓地那一瞬就有些呼吸不畅，窒息感包裹全身，她下意识握紧了林安奚的手，走路都小心翼翼。林安奚则看着她，没有说话，眼神晦暗不明。

Chapter 04
吃可爱多长大的

宁辜的变化从那天扫完墓开始变得明显，先是她一路上的心不在焉，连最后和秦书远、岳楼告别都没能笑得明朗。到了家里更是直接忘记换鞋，踩着一地冷风就要往家里窜。

林安奚无奈，只能将她抱上玄关，帮她换好鞋子脱掉大衣。

宁辜在他无奈的轻声叹息里抬起头看他，他便揉揉她的头发，于是宁辜轻轻扯了扯嘴角，却让眼睛悄然湿润了起来。

“林安奚……”她叫他。

“嗯？”

“我……”

林安奚忽然伸手捏了捏她的脸，拇指指腹扫过她毫无血色的嘴唇，低低笑了声，打断她："嘴唇怎么一点颜色也没有。"

宁辜："嗯？"

林安奚一秒钟都没耽搁，低头含住她的唇，舌尖抵开她的牙关长驱直入她的领地。

宁辜被他突如其来的吻打断思绪，一时间不知道自己要说什么，只能往后仰了一下，双手撑在玄关鞋柜上保持平衡，他便将她抱起来，边吻边放到沙发上。

一吻毕，宁辜的嘴唇殷红妍丽，早没了方才可怕的苍白。林安奚满意于自己的杰作，低头又亲了一口，轻声道："这下有颜色了，好看多了。"

"林安奚……"

林安奚却做了一个噤声的手势，望着她殷红的唇问："去洗澡好不好？"

宁辜乖乖点了头。

然而洗澡的时候还是出了问题，林安奚坐在客厅的沙发上看台词，眼睁睁瞧见她拿着睡衣进了浴室，洗澡出来却还是穿着白日里内搭的那件衬衣。

林安奚拧眉，招手让她过来，伸手将人拉到自己腿上坐着，问："睡衣呢？"

宁辜懵懵懂懂地问："啊？什么睡衣？不是穿着吗……"完了

低头看看自己，一蒙。

洗手间里传出洗衣机工作的声音。

林安奚看着她，她欲哭无泪："我搞错了，我还以为我穿的是睡衣，我把……把睡衣放进了洗衣机。"

林安奚撑着额头很无奈，扯着她的脸颊笑道："傻。"

然而扯到一半发现她头发上有洗发液没洗干净，藏匿其中的泡泡在灯光下甚至若隐若现发了光，他低头检查，却闻到那泡沫的香味不同寻常。

他也是一愣："宁宁，你把什么东西当作洗发露用了？"

宁辜尚在发怔，没明白他的意思，他也不与她多说，抱起她直接走到浴室，看到了放在地上的两瓶沐浴露和好好放在洗漱台上没动过的洗发露。

林安奚："……"

刚反应过来的宁辜："……"

宁辜今天状态不佳，林安奚除了一开始的忡怔倒是对这状况没表现出过度的反应，认命地重新帮她拿了睡衣，重新帮她洗了个头发，细心地帮她吹干。

吹完头发已经十一点半，宁辜早已靠在林安奚的怀里睡了过去，林安奚将她抱进房间放进被子里，亲了亲她的额头，随即，他离开去洗澡。

洗完澡回来的林安奚却看到宁辜已经将自己完全缩进了被子

里，小山峰一样拱成一团。怕吵醒她，他小心翼翼掀开被子，看到她在被子里瑟瑟发抖。

林安奚皱了下眉，躺到床上将她搂进怀里，她的身体还在抖，可是很温暖。

宁辜就算睡着了还是熟悉他的气息，自发躺进他怀里搂紧了他的腰。

“爸爸……妈妈……”

她在他的怀里轻声呓语，说着不着边际的话：“我不要……不要走……没有没有……爸爸妈妈……”

林安奚的眼神却骤然加深，低头看怀里的她，才发现她的脸上早已满是泪痕。

她一遍一遍在他的怀里哭着，喊着她心底的伤，可他什么都无法为她做，甚至连叫醒她都做不到，只能更紧地拥抱她，一遍一遍，亲吻她的额头。

第二日一早，宁辜早不记得做过噩梦这回事了，懵懵懂懂被林安奚从被子里捞出来，任由林安奚上下其手。她脸色还是有点白，脑子里混乱，状态也不好，可是在看到林安奚任劳任怨，帮她穿衣服梳头发还是没忍住抿了唇，实在忍不住便笑了出来。

林安奚问她笑什么，她便屈起双腿，抱着膝盖，头搁在膝盖上仰望他，轻声道：“林安奚，我觉得这样，不好……”

林安奚：“嗯？怎样不好？”

宁辜却把头埋进双腿之间，语气轻轻地传出来：“就是不好。”

再这样下去，她都要成废人了，她会被宠坏的。那些泛滥的情绪迟早会淹了她，让她再也离不开他的。

可是林安奚，为什么又要对自己那么好呢？

那个人，是林安奚啊。

宁辜今天上午有两节选修课，下午是两节专业课。林安奚最近忙着动漫配音，工作也堆到了一起，送她去了学校之后便驱车赶往工作室。

早餐在家里吃过了，但宁辜大概是心里装着事，不想那么早去教室，在上课之前抓紧时间逛了一遍校园。

即使已经进入了深冬，校园内依然有情侣手牵手轧马路。宁辜逛了两圈便觉得索然无味，兴致缺缺，不知为何情绪低落，想着去食堂买点东西缓解一下。

她以前最喜欢吃食堂的鱼粉，但也很久没来了，重新尝到熟悉滋味大概心情会好一些吧？可是付完钱在一旁等待的时候似乎发现有人在打量自己，她瞬间呼吸一滞，之前所有的缓解调节好像都付之一炬。

她将指甲深深掐进自己掌心，可这点微末的痛感并无作用，她又想起了父母临走时看她的眼神，像是执念一样刻在她的脑海里，那些失了明的，涣散的星光，一遍一遍成为她生命的凌迟。

她呼吸不畅，飞快低下头调整了一下，再抬头时发现那抹注视的目光已经消失了。她稍稍缓过神来，听到老板在叫自己的号，于是将票据递过去，抬手端了自己的碗走到一个角落里坐好。

她有点后悔来食堂了。

“你的状况特殊，你对别人的目光有畏惧感，尽量少去人多的地方。”

这句话她的心理医生季衍青对她说过许多遍，可她总是忍不住一遍一遍踩边界线。自作自受，欲速则不达，她不是不明白。

她应该把自己藏起来才是。

刚准备吃第一口粉的时候，头上忽然笼罩了一抹阴影，她听到一个干净爽朗的男声响在头顶。

“同学，不好意思，你好像拿错碗了，你点的是招牌鱼粉，你拿的这份是香辣的，应该是我点的。”

宁辜一怔，举着筷子呆呆抬头看向来人，是一个长相干净清隽的男生。他微微低了头，眯着眼睛对她笑得十分温暖。

宁辜和他对视一眼，却下意识低了头，她发现，就是这个人刚刚打量自己。不适感再次涌了出来，她再度用力掐掐自己的掌心，看向自己的碗，果然，汤里全是红艳艳的辣椒色，不是自己点的。

“对不起，我不小心拿错了，真的很不好意思……”

男生倒是不介意，大大方方将双方的碗换过来，最后在她的对面坐下来，问道：“介意我坐这里吗？”

宁辜飞快地看他一眼，摇摇头：“不……不介意的。”

但宁辜实在不习惯和别人坐在一起，草草吃几口便道了别。她好像听到那个男生在背后叫了她一声，但她没听真切，便充耳不闻，脚下生风，很快离开了食堂。

来食堂，果然是个错误的决定。

所幸已经快要上课，宁辜平复心绪，走到教室，找了偏后的一个座位，不巧的是，在上课铃打响前十分钟，一个男生走到她的面前站定，她摘了耳机抬头，看到了刚刚在食堂遇见的男生。

宁辜愣住了。

男生却还是那副爽朗干净的模样，笑起来温暖和煦如春风。

“同学好巧啊，原来你也选了日语课？”

宁辜胡乱点了点头。

男生指了指她旁边的座位：“这里有人吗？我可以坐在这里吗？”

宁辜不好拒绝，只能说可以。

男生便自来熟地道：“同学你好，我叫章轩，没想到这么有缘哦。”

宁辜礼貌地笑了笑，不适感一层一层涌上来，紧紧攫住她的喉咙，窒息感重新袭来。

章轩却丝毫不觉，兀自问：“对了，同学，你叫什么名字？”

宁辜抬手翻了一页书，其实什么都没看进去，她盯着书轻声说：“宁辜。”

一堂课上，宁辜一个字都没听进去，浑浑噩噩间感觉到来自陌生人的强烈气息，眼前好像出现了海市蜃楼，大漠孤烟直，她甚至从风沙中闻到了血的腥气。

她想吐，胃里翻腾起无数难受感受。

下了课之后，她立刻站起来对章轩说再见，拿着书转身走得飞快，可章轩似乎存了心思，察觉到她的疏离，越发主动地跟上去，叫住她。

“宁辜同学，那个，可以留个联系方式吗？其实……”大男生表起态来也十分开不了口，磕磕巴巴，“我是日语专业的，我之前就注意到你了，你日语很好，口语特别棒，我们教授经常在我们面前夸你，说有人能把选修课上这么好的，你还是第一个，所以可以……留个联系方式吗？”

转眼他便已经跟着宁辜走到了校门口。

宁辜转身看他，他也蓦地有些不好意思了，抬手挠了挠头发。

她不习惯别人的目光，哪怕这目光善意温良，她也只能说抱歉。

“谢谢你，那个……”

“宁宁。”

未完的话被熟悉的声音打断，宁辜暗淡了一上午的眼睛一瞬间亮了起来，如同银河边最亮的星辰。

她一转头，看见林安奚靠着车窗站在学校门口。岳楼和秦书远也来了，站在一旁冲她挥了挥。

“宁宁。”他又叫了她一声。

宁辜便立刻对章轩鞠了一躬：“那个不好意思，有人来接我了，我先走了……”说着她朝林安奚飞奔而去。

章轩挠头的手放下来，站在原地默默看着宁辜奔向那个男生。

章轩一早对宁辜存了心思，今天主动出击之前做足了功课，他知道她总是独自一人，可方才她看向那个男生的眼神那么亮、那么热，他分明看出了她不自觉流露出来的感情。

宁辜飞快跑到林安奚身边，林安奚微微张开了手臂，她便自觉扑进了他的怀里，抬头和他对视，满眼欣喜，万丈光芒都成为了她眼底的光。

林安奚自发将她裹进大衣里，低头亲吻她的额头，然后是眼睛，浑然不顾自己的老友还在一旁。

他这动作太过自然，站在一旁吃狗粮的好友们就没那么好受了。

秦书远同林安奚一起下的车，亲眼目睹了对方在看到宁辜身边跟了个男生后意味深长的眼神。他在心里默默啧啧啧了一番，暗道这货真是越来越坏了，这么一个小可爱都忍心下手。再一看小可爱望着林安奚时忍不住发亮的双眼，分明是全身心相信的模样。真是世风日下，人心不古啊！林安奚这货到底哪儿拐来这么个小可爱！

秦书远一向只在心里默默吐槽，很显然岳楼不是这样的人，大丈夫有所为有所不为，恶意撒狗粮的行为大丈夫肯定是不能忍的，岳楼当即就咋咋呼呼：“林安奚你过分了啊！这都第几次了！哥们儿你是不是真的看不到我和书远的存在？你是瞎了吗？”

林安奚充耳不闻，一个眼神都没分给他，只捏了捏宁辜的脸，看着宁辜，话却是对他说的：“没有，只是我的眼里没有你。”

岳楼：“……”

呵呵。

岳楼一计不成又生一计，转而对脸皮比较薄的宁辜说：“宁宁啊，我跟你说……”

然而下一秒林安奚打断他：“宁宁是你叫的吗？”

岳楼：“……”

丧尽天良！丧心病狂！究竟是人性的缺失还是道德的沦丧！

岳楼气了个半死，发誓说自己绝对不要再理林安奚，他要再理林安奚就是他孙子！然而人生无常，一个人从好友变成孙子也不过片刻。下一瞬，他上了车便别别扭扭地开口：“咳，安奚，麻烦开车去一下我酒店，我东西没拿完。”

今儿下午林安奚和秦书远其实都是来帮岳楼搬家的人。岳楼家人都在国外，他刚回国没地儿去，最近一直委身酒店，自觉十分憋屈。正巧得知林安奚自己家公寓不住了，搬去宁辜家了，他一边震惊林安奚已经沦落到吃软饭的地步，一边又惊觉这可能是个好的安身之所，于是屁颠屁颠抱住了林安奚这条肥美的大腿。

林安奚听见他说话，从后视镜里抬头看他，却见他只是看着窗外，摸着鼻子目不斜视，仿佛刚刚说话的不是他。

“嗯？刚刚谁在跟我说话？”

岳楼立刻把脸转回来，看着他，脸不红心不跳：“你孙子。”

岳楼嘴贫归嘴贫，但好歹还是个知恩图报的好青年，知道大家替自己搬家累了，大笔一挥当即决定带几个人去下馆子。

以前都只有岳楼蹭吃蹭喝的份，这次这么主动他们当然不会拒绝，四个人硬生生在岳楼的带领下走出了浩浩荡荡的杀气来，在包厢落座时还把领着他们过来的服务生小姐姐吓了一跳。

林安奚和秦书远是习惯了这货的中二脾性，放到宁辜这里就有点惊奇了。她前十八年来一直走中规中矩好学生路线，最出格的事就是喜欢林安奚喜欢到对父母先斩后奏远渡重洋跑到了日本。而后面一年中因她的病……她已经很久没和这么有意思的人接触过了。

她看着岳楼端着拇指大小的空酒杯跟另外两人说我先干你们随意，随即又被秦书远扔了瓶二锅头过来嗤笑：“是男人就不要尿。”

看到他脸上瞬间风云变化的表情，她突然想到，在自己没有参与进来前，林安奚过去又是怎样的。他是不是也曾春意萌动满面春风，是不是也会因为某一个好消息而约着三五好友出去拼桌。

他应该是骄傲的，自信而阳光的，像最意气风发的青春时代里，令人羡慕的朝气那般，可忽然又想到他曾在日本经历的挫折。

骄傲的人被折了双翼，是怎样一步步从沼泽里爬出来，开出了比太阳还要温暖的花？

她旁若无人落在他身上的视线太久，亮得惊人，在场三人都无法忽略。林安奚顿了手中给她清洗餐具的动作，低着头没看她，只慢悠悠说了一句："宁宁，你再看下去，我忍不住的。"

宁辜一愣，像是悟出了什么一般脸颊生热，立刻低下头去。

岳楼在一旁啧啧啧了半晌，随即对宁辜不怀好意地问道："宁辜，你想不想知道高中的时候林安奚是什么样子的？"倒是听话地没喊宁宁了。

"他大学在日本厮混呢，我也不大清楚，但高中我们可是断袖之交！我可清楚了！"

他说完这话，三双眼睛便一齐看向了他，他一呆，反应过来之后立马摆手："我不是那个意思，我的意思是断背之交呸不是！是……呃……"他欲哭无泪，"秦书远快救我，是什么之交来着……"

秦书远冷漠地看他一眼："哦，断臂之交，莫逆之交，刎颈之交，你说哪个？哦，我忘了你没文化，可能没听过'刎颈之交'这个词，是我疏忽了。"

岳楼："……"

宁辜抿着唇不好意思地小小声笑了起来，好像和他们在一起，看岳楼吃瘪都是一件特别有意思的事情。

岳楼最终也没搞清楚自己到底要说的是什么之交，但他一颗熊熊燃烧的八卦之魂岂会因为这么点小事就打退堂鼓？

他一鼓作气地对宁辜说：“我跟你讲哦宁辜，你别看他人模狗样的，其实高中那会儿心就已经脏得不行了。那会儿不是大家都眼瞎嘛，被他一副皮囊迷得五迷三道，那些个学妹不好好搞学习，净想着怎么勾搭他，他那会儿都不怎么在学校食堂吃饭，因为一进去就会被别人要联系方式。有次我们晚上打游戏打晚了，第二天早上都没起得来，只能去学校吃早餐，当时又来了一个女生问他要联系方式，众目睽睽之下，人家小姑娘都快哭了，这人不好拒绝，于是面不改色地把我的联系方式报给了人家。周末我还在会周公呢，忽然接到一个电话说要约我出去玩，听声音还是个甜得不行的萌妹子，我一拍大腿以为终于有人发现我这块肥地了，欣然赴约，结果人小姑娘看到是我，心如死灰，瞬间对男人失去希望。你说这扎不扎心，更扎心的还在后面，我去质问他，他居然还说什么……”

他模仿着林安奚当时的语气神态，慢悠悠道：“为了让你认清自己。呵呵，我呸，就没见过比他更不要脸的！你说是不是令人发指！”

林安奚听完岳楼的控诉脸色都没改，服务员已经陆陆续续开始上菜，他夹了一片山药放进宁辜碗里，轻描淡写地辟谣：“别听他瞎说，那个小学妹一开始想要的就是他的联系方式，不好意思开口才假装来问我，他自己大周末不修边幅吓着别人还要往我身上推，宁宁他是不是很可恶。”

宁宁被他一本正经说“他很可恶”的样子萌到，看着他像是不认识一般，竟下意识点点头：“是，是有点不好。”

岳楼：“……”

呵呵，他怎么会在宁辜面前吐槽林安奚，他是哪根筋长歪了？

被这两人气得半死，岳楼恶狠狠地把嘴里的菜咬得咔嚓响。

林安奚那厢却没怎么理他，替宁辜剥了个虾，又看着她吃掉，才漫不经心地说了一句：“宁宁，你寒假有什么安排吗？”

宁辜刚刚被岳楼杀死人的眼神扫射了一圈，还沉浸在有些对不起他的心绪里没出来，此刻不明白林安奚的突然发问意欲何为，抬眼懵懵懂懂地“嗯”了一声：“没有……”

林安奚便笑了笑，撑着头看她：“嗯，正好，跟我回一趟家好不好，我爸妈想见见你。”

宁辜：“……”

秦书远：“……”

岳楼震惊得比较直接，直接一口汤喷了出来，差点殃及秦书远碗里的鱼，秦书远默默端着碗离岳楼远了一点。

宁辜却已经无暇顾及其他，他盯着林安奚那张毫无波澜的脸，半张着口，却什么都说不出来。她心底里翻腾起无数潮水，那些潮水顺着脚背流进她的血液，她感觉自己的神经都在疼。

她慌乱地伸手拿了一下汤勺，却一走神将汤勺弄丢在了桌上。

回到家，宁辜对林安奚说的第一句话是："林安奚，你……什么意思呢？"

这已经是她第三次问了，如她所言那般，她是真的不理解，看不透眼前这个人。他们应该是有了最亲密距离的人，可算起来，其实他们才刚刚认识了两个星期。但他是她喜欢了很久的人，曾经夜里救命稻草一般的人，喜欢得不行的人。

而现在她喜欢的人对她说，他的父母想看看她，他想带自己回家。

她不理解啊……

林安奚。

林安奚却只是看着她，眼底情绪很深，深到眼眶都开始发红。

他走近她一步，干脆就将她抵在玄关处的墙角，低头看着怀里的她，暗哑着嗓子道："宁宁，我想吻你。"

宁辜抬头："什么……"

他便吻上去，舌尖一点一点舔舐她的唇缝，手臂圈住她的腰肢将人狠狠压向自己，紧紧贴在一起的那种亲密，唇上动作却轻柔怜惜。宁辜任他亲吻，闭上眼睛，蓦地流下泪来。

她想到了什么，小心翼翼抬手抱住他的腰，在情动时颤抖着声音轻声说："林安奚，可不可以……"

那天晚上宁辜异常主动，她在林安奚的亲吻里一遍一遍地抽泣，同他一起叹息，可末了，却还是躺在他身边一遍又一遍梦呓。

林安奚侧着身将她圈在怀里，听到她梦里的小声呜咽，沉默了一瞬，然后伸手将她轻轻拉起来，抱到自己身上。

肌肤相贴的感觉一度让他沉溺，他搂着她的腰仰头亲吻她默默流泪的眼睛，不发一言地堵住她小声哽咽的唇。他眼神深暗，如同子夜未明。

后来宁辜再想起这一晚时，总是会想起林安奚对她说的话。他说："宁宁，你相不相信宿命论？"

宁辜半梦半醒，迷迷糊糊地发出个疑惑的"嗯"字。林安奚便亲吻她的额角，嗓音懒懒的，似乎带上毛茸茸的阳光气息，喷在她的耳朵边痒痒的，还勾人。

林安奚说："你相不相信，这是冥冥之中的注定。"

他将她抱得更紧一点，哑着声音道："其实，宁宁，我在日本时父母一直不放心，想让我有人陪伴不致孤单，而我刚回国就遇上你——居然还是我的多年粉丝，你看呀，缘分这种东西多么奇妙啊。我就在想啊，可能一切，都是最好的安排吧。"

"宁宁，我们要听从上天的安排。"

人生在世，总有颗星星是属于你的。这颗星星为你而来，也为你而死。

如果是岳楼，八成要跳起来破口大骂林安奚瞎扯淡了，但是宁辜不一样。

她相信他。

他说是宿命，她就信。不管是说她傻也好还是幼稚也好，但那个人是林安奚，她想要抓住他，那么她给的一切都是，毫无保留的。

宁辜再次和季衍青预约了时间。

季衍青和她认识一年了，从她出事开始，就一直是她的心理医生。

周末，她趁林安奚工作时间打车到了X医院附属健康咨询中心，季衍青见到她还是愣了一下，虽然看着还是状态不佳，但一双大眼睛里竟然有了神采，身上也有了生机。

他喉咙一梗，目光落在她身上复杂难解："你……"随即又放弃，"没什么，最近状态还是不好吗？"

宁辜沉默了一瞬，如实回答："我最近又开始做噩梦了，梦见那时的场景。我觉得，很不好……"

……

林安奚录完最后一场已经十一点，他今日走时特意没叫醒宁辜，她昨晚哭得太惨，他心疼，想让她多睡会儿。简单和小乙打了声招呼往录音棚外面走，小乙看他拿着手机，心中有数，问了句："和嫂子打电话去？"说完又咂了一下嘴，提议，"我叫嫂子会不会有点不太好啊？嫂子好像比我小……"

林安奚点点头："是不太好，可以考虑一下叫大嫂。"

小乙："？"

请问这有什么区别吗？

林安奚却已经推门出去，专心致志打他的电话去了。可是一连几个电话被掐掉之后，他皱起了眉，觉得事情并不简单。

于是，他下一个电话打给了秦书远。

……

表格上的数据分析是抑郁症由偏重度往重度发展，季衍青盯着数据上那句"建议住院治疗"，再看宁辜的眼神越发复杂。

"PTSD（创伤后压力心理障碍症）往往伴随一定程度的抑郁症，可我记得，你的抑郁症原本并没有这么严重，你更多的是无法接受……最近发生了什么？有什么刺激到你情绪的事情吗？"

宁辜双手绞在一起，仔细回想了一下，轻声说："最近……去扫过墓。"

季衍青了然："你对心理疏导有一定程度上的排斥，也无法接受催眠，那么就只能一步一步采取温和治疗法，这期间你不可以去对你情绪有刺激的地方，如墓地、殡仪馆、昏暗的地下室，也最好不要看见血腥场面、压抑的场面，这无益于你的治疗。我先给你开药……"

他顿了一下："但是，出于你的安全考虑，以你现在的状态和抑郁程度，我建议你最好还是住院治疗。"

宁辜静了一下，刚想说话，放在桌面上的手机却亮了起来，专属于林安溪的来电铃声悠扬响在咨询室。

宁辜一怔，犹豫了一会儿，颤抖着手按下了挂断。

季衍青无意中瞥了一眼，看见来电显示上写着一个大大的“My Dream（我的梦想）”，他收回了视线。

宁辜说：“谢谢你，但是，还是不用了吧……”

季衍青脸上的表情纹丝不动，但眼神深了点。他盯着宁辜的脸看了一会儿，喉咙上下吞咽了一下，随后又快速挪开视线。

嗓子里呵出一声苦笑，他说：“你定，这个还是要病人意愿优先。”

宁辜出去之后，季衍青都还没从刚刚的失态里回过神来。他靠在椅背上仰头看着天花板。天花板上似乎有连绵不断的灰往下掉，一寸一寸几乎埋了他。

他又想到刚刚宁辜低眉顺目的模样，眼睛下面有乌青，但皮肤很白，带着点病态，竟然，让他觉得有些诱人。

这个想法刚刚冒出头便被他强烈而巨大的罪恶感死死裹挟住，紧紧缠住他的脖子，攫住他的心脏，仿佛溺毙在海中的旅人，无法呼吸，痛不欲生。

他苦笑都扯不出来，从办公桌上了锁的那个抽屉里抽出一张A4纸。纸上本该贴上寸照的地方只有几个黑体大字，姓名那一栏里却手写了两个字——“宁辜”。

“你好，我叫宁辜。”——大家好我叫宁辜。

“季医生，你能不能告诉我，怎样才能心甘情愿地放弃？”——很荣幸能够拔得本次青少年艺术比拼的头筹，未来我也会更加努力，不负众望！

季衍青趴在桌子上，指尖一点一点摩挲姓名栏的那两个字，像极了亲密爱人。

“宁辜，对不起。”他说。

宁辜出去的时候下了小雨，冬日里最后一丝微弱的温暖都已消失。她没带伞，站在雨里抬头望天空，灰色的，苍白的。

雨水渐渐将头发打湿，头皮冷到发麻。她忽然觉得疼，眼睛满是滴落的雨水，那些雨水最终变得温热，顺着脸颊滑落下来。

每一次来这里，天都惨白。

她往前走了两步，忽然听到一阵车鸣声，她抬眼，看到撑着伞从车里走下来的眼神晦暗不明的林安奚。

宁辜愣住了，不断有雨水掉在她的睫毛上，可她呆呆地看着林安奚，心脏忽然冷了半截，连同血液一起冰凉。

林安奚……林安奚……

她的光，她的梦……

他看到她从心理咨询室出来吗？

如果看到了，如果他知道了……

宁辜站在原地，脸色惨白。

林安奚却没有再给她思考的时间，皱着眉头大步走向她，将伞塞给她，然后弯腰抱起她走向车里。

林安奚一言不发，面无表情地将她放在副驾驶上，伸手脱掉她已经湿了一大半的大衣，从后座上的袋子里拿出一件新的大衣给她裹上，动作明明依然温柔，可他全程不发一言，侧脸几乎结了冰。

宁辜觉得林安奚有点生气，虽然他帮自己换衣服的动作温柔，看向自己的眼神依然如往常一般，但她就是觉得他在生气。她被抱着跨坐在他的腿上，他正低头专注帮她扣上大衣扣子，车子里安静得可怕。

宁辜的害怕在他的沉默里攀升到了极点，她握住林安奚的袖子，小心翼翼地叫他："林……林安奚……"

林安奚的手一顿，蓦地搂住她的腰将人压向自己，他恶狠狠咬上她的唇，是一个不怎么温柔的吻，那阵炽热的呼吸甚至蔓延到她粉白的脖颈，啃噬中带着不可思议的力度。

宁辜觉得他在用吻来发泄自己的怒火，她甚至听到了他粗重喘息里腾升的火气，可他分明是那么温和的一个人。

宁辜抓着他的肩膀，连呻吟都不敢，鼻尖莫名堆积无数酸涩，忍得她眼眶发痛。

季衍青工作室成员并不多，加上他和几个助理统共不超过五人，其中一个跟了季衍青很长时间的助理预估这次的心理咨询应该结束，推开咨询室的门想要让季衍青准备下一场会面，却见咨询室空空如也，并没有季衍青的身影。

助理丈二和尚摸不着头脑，平常季衍青见完一个预约的病人都会在咨询室坐一会儿，等自己叫了再出去，今天这是怎么了？助理在工作室里找了两圈，最后在医院大门口看到了驻足的人。季医生手里似乎捏了张什么纸，背影僵得几乎让他觉得疼。

助理走过去，茫然地看向季医生视线所及之处，却只有一辆深灰色的宝马，但季医生的脸色实在是算不得好——岂止是不好，他甚至觉得季医生下一秒就会去杀人。

助理更加茫然，也盯着那辆车看了一会儿，什么名堂也没看出来，只能去瞧季医生的脸色。眼睁睁见着他闭上了眼，面上浮现出一种几乎可以称之为痛苦的表情，最后他将那张纸对折好放进西装外套的口袋里，又掏出烟慢慢点上，不知道是不是错觉，助理觉得季医生点烟的手有点发抖。

良久，林安奚终于放过她，舌尖轻舔了一下她的上唇，拉开和她的距离。他平复呼吸，拇指抚摸她发红的嘴唇，看着她轻声道："如果你想感冒，大可回去冲凉水，不必大费周折跑到这里淋雨。"

他果然在生气，因为她淋雨而生气。得到这个认知的宁辜放下一颗心来，至少他不是因为自己来医院……他应该是没看到自己从医院走出来吧。

宁辜深呼吸，牵住林安奚的一只手，闭上眼凑上去亲了亲他刚刚还在她唇上肆掠的唇，有些怯地看着他道歉：“林安奚，对不起，我不是故意……”

林安奚却再一次含住她的唇，不同于刚刚裹挟着暴风骤雨般的吻，这一次他温存亲昵，一寸一寸缠绵。

片刻后，林安奚松开她，额头抵在她的额头上，看着她水光潋滟的眼睛，开口嗓音便哑了：“撩拨我？”

他抚摸她的头发：“昨晚那么主动，我现在自控力差到了极致，一点就着。”

宁辜看着他眨动眼睛不敢说话。

他却忽然笑了，亲了亲她的眼睛：“别用那种眼神看我，我是个男人……”接着顿了一下，“对不起，是我不好，不该对你生气，你来这里做什么？”

宁辜身体紧绷了一下，她飞快想了个借口，磕磕巴巴地说：“我……我们专业课作业，要自己联系一个户主研究他们房子的装修风格，然后写论文。我联系的房东住在这边，就过来了，但没带伞走到一半就、下雨了，刚刚躲了一会儿雨，但怕时间来不及就又出来了……”

宁辜学室内设计，C大的室内设计专业业内顶尖，就是每次作业都有点让人摸不着头脑。这次还算正常，曾经有一次让他们专业学生跑遍了整个C市所有星巴克门店，就为了研究人家厕所的装修风格究竟为何，当真是活着的“跑断腿”，一度让C大学室内设计的苦不堪言。

林安奚看着她干净的眼睛，叹了口气：“傻，怎么不告诉我，我好来接你。”

“怕打扰了你工作，而且当时一着急就给忘了……”

林安奚揉了揉她有些潮湿的头发：“宁宁是吃可爱多长大的吗？”不然怎么连这么蠢的事听着都那么可爱呢？

宁辜不明白他的意思，不敢贸然接话，林安奚便问：“现在呢？是先回去还是继续研究？”

宁辜虽然撒了一部分谎，但这个作业倒是真的，且她联系的房东，还真是好巧不巧就在这一块儿。天时地利人和，宁辜真是想辜负天公此番美意都不忍心，于是当机立断，早研究完早解放。

房东阿姨是C市本地人，操着一口地道的C市话，嘴皮子溜得不行，见到宁辜还带了个男生过来八卦之心立刻燃起，用自以为很小的声音偷偷问宁辜：“姑娘，你男朋友啊？小伙子蛮精神的嘞，招人，小姑娘你有福气。”

宁辜“啊”了一声，有点不太好意思地觑了林安奚一眼，抬手摸了摸头发。林安奚没否认，她也不好说什么，只能含糊过去。

所幸阿姨也不纠结，她那话也不是在问宁辜，见她没说话就当她默认，自顾自地说：“阿姨活这么多年还是第一次见长得这么俊的小伙子啊。噢，对了，姑娘，忘跟你说件事了。我有个侄子，跟你学一个专业，今天也正巧来我们这块儿看设计，说还要带个朋友过来。他那个朋友是学什么的啊我想想……好像是学什么日语啊，现在的年轻人啊，花样是真多，姑娘，你不介意吧？”

宁辜一愣，下意识地握紧了林安奚的手，抬头看向他。

林安奚揉了揉她的脑袋，握住了她的手安抚她，对房东阿姨说：“没关系的阿姨，是我们给您添麻烦了，怎么会介意，谢谢您还来不及。”

房东阿姨一边笑着说不用一边带两人进电梯，电梯停在了八楼，一处房门明显大开，阿姨看了一眼便断定：“他们可能已经到了呢，走，我带你们进去。”

林安奚牵着宁辜的手，跟着房东阿姨进去，室内果然站了两个修长身影。阿姨热络地和他们打招呼，他们便也立刻转身，这一转身，宁辜愣了，另一头的章轩也愣了。

“宁辜同学？”章轩惊呼。

宁辜愣过之后的第一反应是去看林安奚，林安奚只是瞧着章轩及其同学，没做出任何反应。

宁辜在心底默默深呼吸，有些尴尬地跟他打招呼：“你好……”

章轩没想到自己陪朋友来看房屋设计还能有意外之喜，心情有些振奋，越发自来熟地前进一步，笑得也越发温柔，调侃道：“你不会不记得我叫什么名字了吧？”

宁辜不自觉地往林安奚身边靠了靠，轻声说："怎……怎么会，章轩同学。"

章轩眼神立刻亮了起来，朝她走了两步大有想继续攀谈的意思。房东阿姨适时反应过来，惊喜地问："你们认识啊？蛮巧。"

章轩赞同地点头："是啊，好巧。"

他话是看着宁辜说的，这令宁辜觉得不适，不知为何又想起过往，她在呼吸急促之前飞速低下了头，拉着林安奚往后退了一步："那个，我先去看看这些设计了……"

章轩笑容一滞，倒没有强留："好。"

宁辜和林安奚在卧室，章轩则和他的朋友站在客厅。他们站的位置很巧，恰能从大开的房门看到卧室里的两个人。

林安奚就站在宁辜身边，抄着手看似在认真研究装潢设计，其实是在暗暗注意宁辜。他盯着她垂下的头瞧，见她几次三番想抬头对自己说些什么，却又忍住的时候，终于还是放过她，主动开了口："是你的同学吗？有些眼熟。"

宁辜立刻抬眼，又顺着他的视线去瞧章轩，正巧章轩也看向她，捕捉到她的眼神，对她笑了一下。

林安奚挑了挑眉。

宁辜便飞快地收回目光，转而移到林安奚身上。林安奚的眼睛特别好看，眸色纯黑，可眼睛里却好像藏了万千情绪，每一种她都看不分明。

宁辜小心翼翼地握着林安奚的内搭衬衣下摆，问：“林安奚，你是不是生气了？”

林安奚：“嗯？”

宁辜也不知道自己为什么会有这种感觉，她脑子里一团乱麻，只能根据本能说：“就是，我和他其实只见过一面，我之前不认识他的……”

林安奚却比了个噤声的手势，宁辜立刻停下不再说话。

林安奚笑得意味深长，他手指修长，白皙食指轻轻摩挲宁辜略微苍白的唇，声音温柔却暗含诱惑：“是生气了，哄不好的那种。”继而又说，“怎么办呢？”

宁辜便轻声重复：“怎么办呢……”

“除非，宁宁你亲我。”

宁辜先是一怔，接着她看到林安奚眼睛里满满的笑意，便轻轻一踮脚，毫不犹豫地亲上去。

蜻蜓点水似的吻结束，林安奚轻声笑了一下，余光瞥到客厅，发现章轩早已没站在原地。

同一时刻，刚从三人变为四人的“沙雕群”组里，有三人都刷起了存在感。秦书远是个业余黑客，玩电脑时间长，手机搁在电脑桌上，一眼看到群消息，点开一看，随即嘴角抽搐，表情冷漠。

只见群昵称为Tea的那厮往群里丢了张图片，点开大图赫然是宁辜小可爱回头望他时笑容阳光的样子。女孩子背后是毛茸茸的金色光芒，而宁辜仿佛陷进了日光里。那张图也不知道林安奚做过什么处理，秦书远都几乎觉得能看到宁辜眼里的他。

宁辜眼里只有林安奚。

秦书远忽然就觉得有点牙酸，林安奚这行为就好像是打开他的嘴，往他的肚子里塞了点什么东西，还没等他说话，岳楼的信息就噼里啪啦杀过来了。

姓岳名楼：“？？？”

姓岳名楼：“林安奚你一天不秀恩爱会死吗？不秀恩爱你手会烂掉吗？有对象了不起吗？”

Tea：“嗯。”

姓岳名楼：“……”

姓岳名楼：“啊啊啊，你滚好吗？立刻滚，打车滚！从哪里来滚哪里去！不要在这里碍我的眼！”

姓岳名楼：“@宁辜 小可爱你醒醒啊！你不要被这个浑蛋骗了啊！这个人真的心脏得要死，你小心着点他啊！”

……

宁辜其实也刚进群没多久，加了岳楼之后被岳楼拉进去的。用岳楼的话来说，大家都是自己人了，不要那么客气。现下她看着岳楼在群里撒泼打滚的崩溃样子，再瞧见林安奚发的那张照片，忍不住抿唇笑了起来。

怎么办，越来越喜欢林安奚了。

Chapter 05
稀里糊涂见父母

几个人在群里一通撒泼打滚之后秦书远私聊了林安奚。林安奚看到他的信息后微顿，抬头瞧了一眼专心研究的宁辜，片刻目光又回到秦书远发来的那几张高糊像素的图片。

秦书远：“我黑进了宁辜家门口那条街的监控，她上了公交车，我找了一下公交车线路上的监控，看到了她的目的地，就是上次发给你资料上的那个医院。”

秦书远：“话说你能不能让我做事之前跟我说明白点？每次我都一头雾水地挑战高难度，心好累。”

秦书远：“你就跟我直说吧，你到底想干吗啊？”

林安奚瞟了几眼他的信息，到底没直接回答："谢了。"

秦书远在那头快被他四两拨千斤的态度气死，又无可奈何，只能说："随你的便吧，有什么事跟我和岳楼说，岳楼那个二货虽然是二了点，但好歹也算是有个值钱的脑子，偶尔还是顶点用的。"

林安奚回了好，就此收了手机。视线扫过去，目光尽头的女孩子拿着铅笔和素描纸已经开始画线稿，偶尔抬首咬笔头的模样可爱极了，像极了疯狂跑转轮的小仓鼠，林安奚看了良久，硬是收不回视线。

他视线深暗，却只在心里叹了口气。

宁辜考完已近年关，他们在一片被折磨到苦不堪言的哀怨声中终于暂时解放，在C市的初雪之前放了寒假。

话是这么说，其实宁辜也不确定今年的C市会不会下雪，反正她自来C市就没见过雪影子，但天气预报上说今年的C市会迎来一场前所未有的大雪奇观，这又让她心底里存了几分期待的心思。

林安奚看出她的期冀，目睹过她为了交假期作业焦头烂额的场面，倒是也心疼她各种不得抒解的小心思，纵然他有心惯着她，可她总好像是自发与他隔着些什么。

林安奚沉吟了一番，从书桌前抬头，看向窝在书房沙发上看书的宁辜，叫她："宁宁。"

宁辜抬头，目光里有疑惑。

林安奚年关事情本没有这么多的，只是《星芒》重制版录音工作已经收尾，剩余交接工作全压在了一块儿，他年下以及年后都做了安排，不得不现在抽空做完所有工作，一日一日埋首书房。而宁辜放了假，所有作业都写完，忽然闲下来，成日里无所事事。

若是以往，她可能会出去走走，去林安奚到过的地方，可今年她被上天恩赐，这个人都送来了她身边，她便没有了出去的心思。就连偶尔的见不到，她不说，其实内心也是思之如狂，见他大清早就进了书房，瞅着时机成熟，便也装模作样摸进了书房看书，和他待在一起，哪怕是不说话，她都是满足的。就像一场梦一样，梦里她尝到了极致的甜，想在梦结束之前，留这甜再多一分。

林安奚如何不清楚她的小心思，也大概能懂她所有克制感情背后的心情，他静静看着她，她的眼底何时看去都仿佛有无限星光，通透干净的模样。

林安奚说：“宁宁，想看雪吗？”

宁辜的眼睛立刻亮了：“想的。”

林安奚点点头，起身走过去坐到她身边，看到她手里的书，是川端康成的《雪国》。

林安奚不知道想到了什么，挑了挑眉，原本打算说出口的话在齿边拐了个弯，变了意味。他盯着她发亮的眼睛，刻意压低了声音，轻声问：“有多想？”

宁辜：“……”

有多想？这个问题，她该怎么回答？

宁辜茫然，他便笑得越发意味深长："此时此刻，最想的是去看雪？"

宁辜不知道林安奚是什么意思，林安奚倒是拿过她手中的书放到一旁，顺手摸摸她的发，凑近她的时候眼底笑意加深。

"快问快答环节，下雨和下雪，喜欢哪一个？"

宁辜更茫然了，她实在不明白林安奚意欲何为，连回答都感觉无措，只能呆呆看着他，并不出声。林安奚却扯了扯她的脸，哄她："宁宁乖，回答问题。"

"下雪吧……"下雨，太清冷孤独了。

林安奚："看雪时喜欢咖啡还是茶？"

"茶。"

"喜欢在室外看雪还是室内？"

"室外。"

"那……看雪和看我，选哪一个？"

宁辜："看……"

哎？

骤然抬眼，她看着林安奚，一眨不眨。林安奚却还是笑看，在她犹豫时挑眉："嗯？"

宁辜："看你……"

林安奚靠近她，在离她鼻尖不足两厘米的地方看着她，视线从眼睛游移到无甚血色的嘴唇上，轻缓地开了口：“真乖。”

然后，在宁搴变轻的呼吸里精准地含住了她的唇。

林安奚承认，他故意的，看到她手中书的那一刻心中顿起的心思。说他幼稚也好，无聊也好，他毫不在意。他只是忽然觉得有些不爽，不爽宁搴在他的领域里，有了似乎看得比他还要重的东西。

好吧，其实也没比他重要。

可哪怕分走她万分之一注视的眼光，他都觉得不爽。

一吻毕，林安奚盯着她有些微喘的脸，笑得温和无害：“想看雪的话，不用等C市初雪了，我带你去看。”

林安奚向来是个说到做到的人，刚说了要带宁搴去看雪，随即加快速度做完了最后的收尾工作，然后准备好了一切带着睡眼惺忪的宁搴上了飞机。一路上宁搴都在好奇他们要去的地方是哪里，但林安奚笑而不语，保密工作做得十足。

直到下了飞机，林安奚若无其事给宁搴套了件羽绒服之后，才在宁搴的注视下继续若无其事地说了一句：“没什么，只是带你回了A市，A市每年下雪都早，今年已经下了好几场了。”

宁搴蓦地瞪大眼睛，微微张了下嘴以表惊愕。无他，只是因为A市是林安奚的家乡，他自小长大的地方。那么，他带自己回A市的原因……

果然，林安奚下一句便说：“顺便，帮我兑现一下给我爸妈的承诺。”

宁辜大脑一片空白，讷讷道：“什么承诺……”

林安奚握着她的手往外走，笑容温柔美好：“带你回去见他们。”

宁辜：“……”

宁辜一路上都在紧张，和林安奚一同坐在出租车后座，欲哭无泪，茫然无措，瑟瑟发抖。

她蓦地想起，在一个月之前林安奚好像的确说过要带她回家见爸妈的事，但是因为临考前她忙得一发不可收拾，大部分紧张事宜全被她清空，一心一意准备考试。而现在林安奚忽然旧事重提，甚至直接付诸行动，打得她一个措手不及，连带着所有被刻意遗忘的慌乱和紧张一并迸发了来，让她原就束手无策的慌张更上一层楼，此时此刻坐在后座，脑子里全是冷冰冰的几个大字：怎么办怎么办怎么办……

林安奚看她的模样许久，忍不住调侃：“宝贝儿，真的那么可怕吗？”

宁辜还在焦灼之中，暂时没发现他对自己称呼的转变，只傻愣愣看他，将刚才绞尽脑汁也不得解的问题问出来：“林……林安奚，我需不需要带点礼物啊？”

她已经很久不与长辈相处了，自从父母去世，她继承了父母的部分遗产之后来到C市，就再也没有同长辈攀谈交际的经历。她脑子里一团乱麻，一会儿觉得自己这样贸然造访不礼貌，一会儿又想到自己好像连礼物都没准备，果然……是不礼貌的吧？

脑内纠结了许久，好不容易勉强做完决定，却忽地灵光一闪抽丝剥茧抓到了一个重点。连紧张都顾不得了，宁辜瞪大了双眼问道：“你刚刚说什么？”

林安奚一挑眉，靠近她，在她的耳边吐息：“我说，不用害怕，他们会很喜欢你的……宝贝儿。”

“轰”的一声，宁辜清楚听到了自己心脏奔腾的声音，一声一声，她哑了嗓子，张口想说话，却只做了个口型：“林安奚……”

宁辜心口疼痛，扯得鼻尖也发酸，她骤然闭上眼，不让温热落下来，抬手用掌心捂住了眼睛。

林安奚，你知不知道，每天我都抱着绝望的、必死的心在爱你，这种饮鸩止渴的自杀式爱情会让人上瘾，你的每一句话都是毒品，肝肠寸断也好，无药可医也好，我已经戒不掉了。

而林安奚，我何德何能，能和你如此亲密，得你呵护，得你宠溺，得你酸酸甜甜的小心机。

宁辜还是落了泪，因为林安奚的一句“宝贝儿”，这甚至比不上他们最近的距离，宁辜觉得自己矫情，可她忍不住。

她的情绪泛滥太过，以至于一直到林家时她的眼睛还通红，在她还没来得及重拾紧张的情绪时，她见到了林安奚的爸爸妈妈，那两个她一遍一遍在心里感恩的人。

感恩把林安奚带到这个世界上的人。

她也曾在夜里辗转过，幻想过有朝一日她若真的有此福气，见到了林安奚的父母，她该如何，作何反应，又是什么表情。

根本顾不上将自己设想一万遍的场景来次现实演练，船到桥头她只说了一句“叔叔阿姨好”。

林安奚的妈妈，她未来的婆婆——安暮，将人从林安奚身后拉出来，看着她发红的眼睛惊呼：“这就是小宁吧？怎么回事，眼睛这么红？是不是林安奚这个臭小子欺负你了？你告诉妈……不是，你告诉阿姨，阿姨帮你做主。他这个臭小子，从小就爱欺负别人，每天都让我和他爸头疼得要死，小时候也就算了，现在怎么还那么坏，还欺负到我儿媳妇头上来了！”

宁辜：“……”

林襄：“……”

林安奚：“……”

林安奚一脸无奈地将自家小姑娘从自家老妈的“魔掌”中扯出来，扶额头疼道：“妈，你就不能给我留点面子吗？”

安暮一脸不屑：“你还要面子？你不是脸都不要吗？”说完又把宁辜扯过来往客厅里带，“小宁你别怕啊，虽然他是心术不正了点，性格乖张了点，偶尔不是个人，但是我和他爸扶养他那么多年，和他斗智斗勇也算经验老手了，肯定制得住他，所以以后他要是对你不好，你就来告诉我。”

林安奚在玄关处很无奈：“妈，你就不能说我点好吗？爸，能不能管管你老婆？”

林襄睨了自家儿子一眼，漫不经心：“你觉得可能吗？”

林安奚自小到哪里都是“混世魔王”，不是说他性格有多皮，只是因为从小跟着自家父皇母后太久耳濡目染，性格里多少养就了腹黑因子，若论起气死人不偿命方面，在外倒是从来没有对手，可只要一回到家，那必定是两个人的手下败将，毫无还手之力的。

所幸这许多年来林安奚早已习惯，认命地吃瘪，倒是宁辜，被安暮热情得受宠若惊，震惊之余带上了毕恭毕敬和小心翼翼，眼下见林安奚吃瘪倒是眼前一亮。宝藏之所以被称之为宝藏，是因为它无论何时何地，都能被找到不同的价值。

宁辜看着林安奚边走边默默叹息：“我妈那个性子都是被你惯的，无法无天。”

林襄毫不示弱：“林家基因如此，放心，你也是半斤八两。”话罢像换了副面孔一样地对宁辜亲切道，“小宁，不要约束，不要紧张，就跟在自己家一样，大家都是自己人。”

林安奚抄着手倚在客厅的柜子上，看着还没适应的宁辜，微微笑：“嗯，我爸难得说了句不错的话，果然我们家女皇大人教养有方。”

安暮瞪他一眼，继而去关怀宁辜：“刚下飞机累了吧？想必林安奚那家伙也不知道疼人，肯定没让你吃饭，一定饿了吧。你去休息会儿，让林安奚带你去他房间，他今晚睡沙发，我去炒两个菜，马上好，一会儿叫你。”

宁辜刚刚的确被林父林母的热情吓得没能反应过来，她脑子里全是家庭伦理剧中的婆媳大战，难免有些担忧，但她应该想到的是，能让她一遍一遍感恩将林安奚带到这个世界上的人，又怎会落了俗套。听着林母关怀的话，心里涌起一阵暖流，看着林母那双遗传给了林安奚的漂亮眼睛，紧张和不适都渐被亲切代替，她好像真的从她身上看到了母亲的身影，听到了母亲的温言软语。

她几乎立刻同安暮一起站起来，轻轻地、诚恳地说：“阿姨，其实我也会做一些菜的，如果您不介意的话，我可以来……帮忙吗？”

“当然可以啊！”安暮拉住她的手，走了几步又想起什么似的，一拍脑门儿，“小宁，其实你是想多和我待一会儿聊聊天吧？我觉得你的想法很好，不然这样吧，我们一起去上面休息好了。嗯，老公，你就带你儿子去做顿饭吧，虽然你儿子那个手艺简直不能下咽，但我还是相信你手艺的，我带小宁去参观参观她今晚的住处。”

手艺让人食不下咽的林安奚站在一边：“……”

林安奚终于被逼到忍无可忍：“请问今天我是哪里招惹你老婆了吗？”

林襄卷衣袖，磨刀霍霍：“你自己心里没点数吗？”

林安奚很冷漠：“对不起，我刚回家，没数。”

“哦，那你让你老婆问问我老婆吧，你知道你老子的，一向护内，别自讨没趣。”

林安奚：“……”

这厢林安奚在自家父亲大人处接连吃瘪，那厢安暮已经带着宁辜摸进他的房间，并且翻到了林安奚的钥匙找到了林安奚藏在柜子里的各路“黑历史”照片。

安暮虽然在言语上从来不给林安奚留面子，但到底身为母亲，再怎么特殊也会有母亲的共同点。林安奚老早之前就跟他们说过，说今年过年要带女朋友，还坦言说这就是他们未来儿媳妇，没跑的那种。她自认母亲这个角色虽然当得不是特别优秀，但起码合格，了解儿子各种大大小小的事，也愿意相信并理解他的一切。

他从懂事开始至今，任何决定她都从未阻挠干涉过，给予他无限的包容和理解。她知道他在日本有过一次被折掉双翼的经历，也知道他有过刻骨铭心难以忘记的人，她不做多问，也从不插手。

这次他说要带儿媳妇回来她是真的始料未及，私底下也的确问过秦书远和岳楼，得到的回答都是让她放心。既然如此，那她也便真的放心，所以用了万分的诚意，来对待这个即将成为他们家一分子的小姑娘。

安暮抱着一摞大大小小的相册放到宁辜面前，挨个儿翻开给她看，给她介绍这都是哪个时期的林安奚。

宁辜便在一旁听着，看着林安奚留下来的成长证据，心底软得一塌糊涂。那个时候的林安奚张狂肆意青春飞扬，照片上脸比现在还要嫩一点，左手里提了夏季校服的蓝白外套，穿着白T，应该是刚刚运动过，额上的发梢处带了点湿意。右手举了瓶矿泉水，而他的头微微仰起，眯着眼睛正在喝水。背后就是如锦的彩霞，衬在他身上几乎让他透明，白皙的脖颈因为仰起的动作自然拉长露出清晰的喉结，宁辜看着那张照片，只觉得他性感耀眼得让她挪不开视线。

安暮自然看出她的情绪，问她："这张照片好看吧？这还是他高一的时候被人偷拍的，说起来也有好久了，你猜猜，这照片谁拍的？"

宁辜"啊"了一声，想了一会儿，最后轻轻摇了摇头。安暮没打算为难她，直截了当地说："书远拍的。"

宁辜意外，安暮便继续："秦书远你应该知道，当初他拿着这张照片来我们家找林安奚的时候我和他爸都惊呆了，实在是想不到书远那孩子会给林安奚拍一张这样的照片，他俩关系好归好，但也多是以损友自居，谁知道在他眼里林安奚是这样的。偷偷告诉你，也不怕你笑话，我和林安奚他爸以及书远他爸妈都暗地里觉得他俩肯定有一腿，只是时机未到他俩还没公开，结果没过多久书远就交了个女朋友，打破了谣言。林安奚和书远关系那么铁，书远交女朋友了他也不知道学着点，高中不交女朋友就算了，大学了居然还没有，你说气不气人！还好现在有你了，我还以为他打一辈子光棍呢。”

安暮翻了几页相册，又想到什么似的：“噢，对了，给你看张照片……”翻了几页没翻到，咕哝着，“好像不在这里，应该在我房里。”

安暮行事风风火火，当即又带着宁辜去了自己的卧室，跟宁辜说让她随便坐，自己去翻东找西。

宁辜被安置在梳妆台前坐下，打量着卧室装潢，职业病一样。

黑白简约风格的设计，格局很大，床正上方挂了林父林母的结婚照，很大一张，照片上林母穿着素白婚纱，头发上挂了白色头纱，手搭在林父的肩上笑看着他，满脸幸福。林父的注意力全部在她身上，从那张照片里，宁辜轻易看到了林父眼睛里的浓浓爱意，一看就知道这对夫妻恩爱无比，羡煞旁人。

安暮出来时正看到宁辜瞧着自己的婚纱照发呆，十分专注的模样。她静了一下，拿着东西的手垂下来，说：“拍得不好看，你看得这么认真，真是有点难为情了。”

宁辜回过神，发觉她在说什么，立刻摇了摇头：“没有，很好看。”

完了怕对方不信，宁辜又认认真真重复说：“很好看，真的。”

安暮和宁辜对视了几眼，忽然被她的认真逗乐，“扑哧”一声笑出来：“林安奚哪里都不好，就是眼光好。”

宁辜没懂安暮的意思，安暮也不在意，暂时将手里的东西放在一旁，对宁辜说："其实我也算不上什么好母亲，生他的时机其实并不对。那时候刚和他爸结婚，浓情蜜意下的意外，也想过为了不牺牲二人世界而放弃他，但最终还是舍不得。那会儿太无知，其实不大晓得怎样当一个好母亲，不想因为自己的不懂而让他差人一等，于是剑走偏锋，开辟了另一条母子相处之道。磕磕绊绊在这条路上摸索了许多年，到现在也不太确定自己做得对不对。我不太愿意干涉他的决定，希望他所有的决定权都在自己手上，希望他和其他孩子不一样，能活得自由。其实这样的方式，可能并不能让他感觉到太多来自我和他爸的爱，他或许一直都觉得自己是一个人，这一点我也觉得内疚，但始终找不到好的解决方式，行为模式已经形成，要改变太难了。正如你看到的，我和他爸都一样，看到他就想怼，不过他这个也是真的，欠虐，毕竟以他那副样子，在外肯定都是他虐别人，在家里我和他爸就不能让他太猖狂了，不然指不定怎么横行霸道呢。

"小宁，我们一直觉得他挺孤独的，所以阿姨真的很高兴你能出现在他身边，我一直相信他，也相信你。我不知道你们的事，但林家基因都这样，认定一个人便从一而终，我相信你会给他很多从我们身上得不到的东西，同时也相信他既然把你带回来就是认定你了，所以小宁，把这当自己家，不要紧张。"

林安奚回房间叫她们吃饭的时候只看到宁辜一个人在，正对着一堆相册发呆，他走过去揉她的头：“妈呢？”

宁辜从过去的他身上回过神来，看着他眼睛更亮了一些，说：“刚刚叔叔来找她，说要给她看什么东西，阿姨就先出去了。”

林安奚一副了然的表情：“这两个人，真是。”

宁辜今天频频看到不一样的他，忍不住笑出来。

林安奚察觉到，挑着眉在她身边坐下，一把将她抱到腿上坐着：“宝贝儿是在笑我？”

宁辜又被这个称呼麻了一下，眨着眼慌乱地转移话题：“那个，阿姨今天给我讲了很多你的事情，还有她和叔叔以前的故事，很幸福。”

“嗯哼？”

宁辜在他腿上摸着一堆相册爱不释手：“阿姨说她是叔叔的粉丝呢！”就像我是你的粉丝一样。

她抬头直视林安奚，林安奚的瞳是纯黑的，有让人着魔的错觉。她到底没把心底的话说出来，只低下头继续翻林安奚的相册。

她今天在安暮的带领下把林安奚的老底掀了个遍，从小到大，哭的笑的，获奖时的个人照和集体照。她发现原来小时候林安奚没有眉毛。安暮还跟她取笑：“那会儿他读六年级了，每天晚上放学回家跟我哭，说他想去文个眉，因为没有眉毛实在太丑了，像妖怪一样。”

宁辜回忆完随手捡起一本相册继续翻，林安奚则抱着她，将下巴搁在她肩膀上同她一起看。照片上的林安奚比现在还嫩，穿着A市一中那套难看的校服，右手拿了个金色奖杯硬生生笑出了一身的意气风发。

宁辜摸着他的奖杯，忍不住问："Tea从小就这么优秀了啊。"

她这句话说得含糊，林安奚没怎么听清，从背后摸她的脸，轻声问她说了什么。

宁辜摇头，合上相册转过身跨坐在他腿上，找准他的唇，吻上去。

林安奚自是受用宁辜的主动，搂住她轻易反客为主。

林安奚过个年也不安生，被小乙一个夺命连环call叫去工作室处理余下事情，苦哈哈地去当加班狗，临走之前抱着宁辜怎么都不肯松手，眯着眼睛直说再睡会儿好不好，听得宁辜只觉得他在撒娇。

但宁辜也没闲下来，林安奚走了没多久她就被安暮拉起回了趟林安奚祖父母家，美其名曰走亲戚。安暮一边开车一边吐槽林安奚过个年还有工作真是不像话，吐槽了一路，连宁辜在得知自己除了要见家长还得见亲戚的惶恐都少了三分。

但到底有病在身，病魔作祟让她小心翼翼跟着安暮进到大厅时还是头皮发麻，眩晕感一层一层从头顶窜至五脏六腑，让她直想呕吐。

昏昏沉沉地，她只机械地跟着安暮的介绍叫人。林襄自小学艺术，出生在文化世家，一家人涵养到底好，也没多为难宁辜，乐呵乐呵地夸了几句林安奚眼光不错，这么大了，总算收心了。

宁辜连这一大家子人都看不清楚，只能勉强笑着。安暮则在一旁牵着宁辜的手，颇有几分得意："是呢，林安奚这么多年来也就这一件事让人省心了，小宁多好啊，气质娴静，又生得眉清目秀，我看了可是喜欢得不得了，赶紧带回来让爸妈你们看看呢！"

祖父祖母也笑，拉着宁辜在自己身侧坐下，笑盈盈道："安奚只说是个特别让人舒心的姑娘，今日我看了，倒是实话，我们安奚，眼光是真不错。"

一旁的几个亲戚也点头应和："安奚自小就优秀，当然看人的眼光也好，我瞧着也是个十分利落干净的姑娘呢！"

安暮更加没边儿地夸起宁辜来，一屋子人左一句右一句，竟一直说到了午餐时间，两人自然又留下来吃了午饭。

宁辜心绪不宁，出了一手的冷汗，除了外祖二人对自己笑得格外温和的脸，其余的她一概没有听得明白。

安暮一边开车一边看宁辜惨白的脸，笑了："紧张吧？我那会儿刚来这里的时候，也是紧张得不行，话都说不清楚，林安奚他爸一个劲儿安慰我，说他父母脾性温和，不会为难我，我却一直想着人家文化世家到底看不看得上我。不瞒你说，我家庭条件蛮好，父母都从商，投了个好胎，身边也是围了不少人，按道理来说也该是个极有自信的，但就是担心他父母嫌弃我一身铜臭堆里长大，看不上眼。但林安奚他爸是真没诓我，他父母从头到尾没为难我，临走时还说要是以后林襄欺负我了就告诉他们，他们替我收拾他。结了婚之后也对我如亲生女儿一样，这次你回来，林安奚老早就打好招呼了呢，二老也是真心实意盼着你过来，不用紧张，小宁，就当那是你自己的祖父母。”

宁辜听了有些羞赧，轻轻点了点头：“谢谢阿姨。”

安暮刚想说要不是林安奚还没带你去领证，你都该直接叫妈了还这么客气呢，结果电话就响了，恰好是红灯，安暮停下车。

按下接听键，想不到刚说了两句安暮就开始黑脸：“林安奚你可以啊，人小宁刚回来你人就不见了，现在还让她自己去找你？你挺能耐啊？”

……

“不想听你那么多废话，直接给我发定位，你不心疼我还心疼我儿媳妇呢，赶紧的啊，早点聚完餐早点滚回来，我还怕我儿媳妇在外面冻着呢！”

……

于是宁辜听得云里雾里，被安暮一脚油门送到了林安奚身边。

秦书远和岳楼也在，安暮在林安奚好友面前丝毫没有给他面子的意思，跟他俩打了招呼，又训了林安奚好一会儿才放人。

也是秦书远和岳楼两人临时起意，知道林安奚回老家了，想着他们也好久没回来了，便过来找林安奚约个便饭。一行四人站在饭店大门口，一边接受保安大叔疑惑目光的洗礼一边目送安暮的车远去。

末了，岳楼挠了挠脑袋，磕巴了半天才吭出声来：“阿姨……阿姨还是一如既往地雷厉风行哈。”

林安奚无奈地叹了口气。

岳楼那厢又把注意力放到宁辜身上，张口就说：“哦哟，宁丫头不简单啊，阿姨亲自开车送过来的啊，有排面有排面。”

林安奚似笑非笑地看他一眼，握着宁辜的手往饭店包间走，嘲道：“宁丫头是你叫的？”

岳楼被林安奚堵了一记，也不恼，悠悠闲闲又说：“你也就能在我们面前使横了，叔叔阿姨那儿，你比嘴皮子就没赢过吧？”说着，像是发现了新大陆一样跟在宁辜后面传播八卦，“哎小宁，我跟你讲啊，别看这货在外风光得很，那回了家也是他父母的阶下囚，比啥都比不过，叔叔阿姨那小时候优秀的，呵，十个林安奚都比不上。

“他初中那会儿就已经开始作威作福了，学校里几乎所有人都知道这货是个毒舌怪，打蛇打七寸，他一出口就能气死人，偏偏又长得好成绩好，惹得一堆人前赴后继。那会儿我看他那么欠揍就牙根痒痒啊，奈何苦练耍宝技能还是比不过他，灰心丧气了好一阵儿，直到有天去他家玩儿，见识到了叔叔阿姨对他的多番‘凌虐’，才终于知道，原来嘴毒这玩意儿，遗传……”

说着已经到了包间，林安奚拉着宁辜坐下，轻飘飘地看岳楼一眼：“我听说岳叔叔想让你回公司上班，你不愿意？你说岳叔叔要是知道你在这……”

岳楼立刻求饶：“好好好，你是大佬，我不说了还不行嘛。至于嘛你，心怎么那么脏呢！”

林安奚点到为止，放岳楼一条生路，转而帮宁辜剥虾。

原本宁辜还没反应过来，林安奚剥那一碟子虾是要干什么，眼见着他将剥好的虾全摆到自己面前，才红了脸，轻声说：“我可以自己来。”

林安奚没说话，又替她剥了几个，才慢悠悠提议：“不好意思了？嗯，我们宁宁一向脸皮薄，可以理解。那不然这样子好了，你叫我一声小哥哥，我帮你剥一只虾，怎么样？”

宁辜：“……”

林安奚没打算放过她，低头靠近她追问：“嗯？好不好？”

宁辜脸都红透了，低着头声音越发小了：“林安奚……”

岳楼在那头把牙咬得嘎吱响，从背包里拿出电脑打游戏，眼不见为净。秦书远看他动作，皱眉：“你这有点过分了吧，聚餐呢。”

岳楼“啪”一下把鼠标扔在桌子上，闹出了一个大动静：“使劲喂狗粮的那个才是真过分呢！”

真过分本人丝毫没有觉悟，闹得宁辜不行，宁辜对他的抵抗力几乎为零，在他的声声诱哄下倒真的飞快喊了一声小哥哥。林安奚得偿所愿，却并不满足：“怎么办宁宁，你耽搁的时间太久了，现在筹码加了，你要亲我一个，才有的吃了。”

宁辜：“……”

岳楼这下是真的忍无可忍，再度扔了鼠标，朝林安奚撕心裂肺地嘶吼：“你个浑蛋！我是真的忍不了了！有种上游戏单挑啊！”

林安奚存心逗宁辜，并没有真的想让她在大庭广众之下亲自己，顺势寻了个台阶而下，不屑地看了一眼岳楼，轻飘飘地问：“找虐？”

岳楼：“……”

最后这场无硝烟的战争在岳楼的大呼小叫声中开始，又在岳楼的呜呼哀哉声中结束。岳楼果然被完虐了，他咬着大衣领子靠在秦书远肩上抹那并不存在的眼泪，哀号着说“林安奚你不是人”。

林安奚没理他，盯着电脑显示屏看了一会儿，上面还停留在角色被杀死时倒地吐血的场景，林安奚不知作何感想，转手将电脑放在了宁辜面前，笑得十分温柔：“宁宁，想玩游戏吗？正好，这边有活靶子陪你练手。”

一旁的活靶子刚想出言反驳，却见宁辜看到显示屏上打打杀杀的场景时一怔，她似乎发了会儿呆，然后忽然站起身，跌跌撞撞地奔向洗手间。

林安奚的眸子下意识敛了一下，没说话。

秦书远被宁辜突如其来的反应吓了一跳，而岳楼这个缺心眼儿却目瞪口呆地来了一句：“我的天，小宁这是有了？林安奚，你这可有点不地道吧！”

林安奚面无表情，起身跟上去：“我去看看。”

宁辜在洗手间吐了个昏天黑地，她还没吃些什么，只有一些虾尚在胃里盘旋，此刻全部吐了个干净。她又想到刚刚看见的场景，鲜血淋漓的小人儿站在屏幕中央肆无忌惮地表演着吐血，一遍一遍，就像……

就像那日，母亲挡在她身边时一边吐血一边涣散着眼睛一样。

为什么，为什么……

为什么不肯放过她和爸爸妈妈，为什么……

她把脸狠狠摁在还在放水的洗手池里，冰冷的水淋得她头皮发麻，她瑟瑟发抖，仿佛又置身于当日的场景，她害怕地抱住自己。

大门外面忽然传来一声宁宁，将宁辜从痛苦的幻觉里拉出来。她从洗手池里抬起头，透过满脸的冷水看过去，林安奚抄着手倚在大门外，眼神晦暗不清。

宁辜下意识地呢喃：“林安奚……”

林安奚朝她招招手，她便走过去，被他一把搂进怀里。

他的嗓音似乎含了烟，沙哑低沉得不像话，拍着她的背轻声问：“怎么了？”

宁辜在他怀里的身体瞬间僵硬，顿了许久，才结结巴巴道：“可……可能是我肠胃有些不适，刚刚吃了脾性生冷的虾，有点反胃……”

林安溪抱着他，透过洗手间的镜子看向怀里的她，漆黑的眼睛满是情绪。可他最终什么都没说，淡淡“嗯”了一声，带她回家。

宁辜一头短发全湿了，坐在出租车上便有些意识不清，靠在林安溪怀里昏昏沉沉说着胡话。

所幸林家无人，林父艺廊有事，林母在家无聊，约着小姐妹一同去逛街了。林安溪抱着宁辜一路畅通无阻进了浴室。

热水源源不断淋在身上，冲刷掉浑身冷意。宁辜觉得自己仿佛从冰窖坠入火场，冰冷彻骨的痛意消失，取而代之的便是无穷无尽的灼烧感。那股灼烧感迅速顺着血液蔓延进心脏里，带来巨大的冲击，像针扎一样尖锐疼痛。

撕扯不休的破碎黑暗里，密密麻麻满是爸爸妈妈变形的脸，他们的眼眶里没有眼珠，只有空荡荡的黑洞，鲜血一行一行顺着黑漆漆的眼睛流下来，仿佛开了水龙头一般。那样恐怖血腥，可她却没有丝毫惧意，她站在空荡荡的黑暗里，一声一声地呼唤他们，张开手臂想要留住他们，想要抱住他们哪怕一丝一厘，她不断不断哭着，想要将他们留在自己身边。

“爸爸，妈妈，不要走……不要丢下我，不要丢下小宁一个人，不要……不要……”

林安奚看着死死抓住被子做噩梦的宁辜，她的头上满是冷汗，痛苦又绝望，每一声哭叫都在流泪，那么那么多的泪，只敢在梦里流出来的泪。

林安奚想叫醒她，却发现无济于事，只能一遍一遍地替她擦掉泪水，然后在她做噩梦的时候再度沉默。

相较于上次的情形，这回更加严重，可他无计可施，连叫醒她这样简单的事都做不到。

Chapter 06
偏偏想起你

岳楼和秦书远这两个二货，昨日亲眼目睹了宁辜小丫头吐得天昏地暗的场景，以为是自己的不是，于是第二日一大早又屁颠屁颠地跑来林安奚家，还顺带拿了两张电影票，说是请林安奚和宁辜看电影，顺便赔罪。

宁辜已经把昨日做过的噩梦忘了个干净，倒是还记得自己吐个底朝天的情景，觉得是自己坏了他们的兴致，有些内疚，犹犹豫豫接过了那两张电影票。

林安奚没说话，也没阻止，他似乎有许多打算，但又好像什么打算都没有，看了宁辜一会儿，开车带着一行人去了电影院。

可宁辜没想到，好巧不巧，岳楼和秦书远选的这场电影，讲的是一个缉毒警察和毒枭拿命搏斗的故事。

电影整体基调偏灰暗压抑，结束前十分钟是警察与毒枭拿枪互相抵在对方的额头上，接着画面一黑，只听到一声枪响，画面再度出现影像时，两人各自倒在地上，额头上皆有一个鲜血淋漓的窟窿。他们的眼睛死死睁着，里头的光却越来越微弱，最后彻底消失不见，只留下涣散的瞳孔。

外援的警察此时终于找到他们的藏身之处，踢开大门一拥而上……

宁辜死死咬牙，握着座椅扶手拼命克制越来越粗重的呼吸。

为什么……为什么是这样的电影？

为什么……为什么是这样的结局？

像极了，像极了爸爸妈妈死前的场景……

那天，也是这样。

那个凶犯将她和妈妈绑在一起，嘴被胶带封住了，而爸爸被捆在另一张椅子上，浑身是血，昏迷不醒。那个凶犯用水将爸爸泼醒，在爸爸看到她和妈妈时眼底出现惊慌之后，凶犯露出一个极度残忍的笑容，他说："宁瞰，你害我永失所爱，今天我也要让你尝尝，至亲至爱的人死在自己眼前是怎样的感觉！"说着，他拎起一根麻绳走向孤苦无依的母女。

爸爸一丝力气也无，却恐慌至极："你……你想要做什么？你放过他们……我任你处置，你放过她们啊！”

可凶犯还是将麻绳放在了妈妈的脖颈上，一点一点地用劲。爸爸被绑在椅子上使劲挣扎，声声泣血般哀求：“我求求你啊，你放过她们母女！放过她们！”

妈妈的嘴被封住，连张开嘴费力呼吸都做不到，只能生生瞪大双眼，瞪到眼球都快凸出来，她连挣扎也无，就这么死去了。

她哭得满脸都是泪水，死命挣扎却只能眼睁睁看着最爱的人在自己面前离开。爸爸也是，爸爸声嘶力竭，眼眶布满血丝，脸上满是青筋。

那个凶犯的眼里却满是残忍又疯狂的狠意，他松开妈妈脖子上的绳子，放声大笑，笑得癫狂。

“宁瞰，体会到了吗！我当日的痛苦！”

爸爸瘫在座椅上，流了满脸的泪，无神地盯着已经没有了生机的爱人，嘴里喃喃有词，也仿佛疯了一样。

可那凶犯还不打算放过他，狰狞道：“你的老婆解决完了，现在，是你的女儿了！”

说着，他又拿着匕首走向她，越走越近。

爸爸终于回过神来，看着她惊恐的眼神，嘴里喊了三个“不”字，然后突然扑过来撞开了凶犯手中的匕首。爸爸双手被捆，不敌对方，凶犯杀红了眼，此刻被阻，怒火更盛，从靴子里又掏出一把匕首，直直插进了挡在自己身前的爸爸后背。

爸爸那一口温热的鲜血，全部吐在了她的脸上。

她嘴里呜呜呜地叫唤，她挣扎不休，却无力挣脱麻绳的束缚，只能看着那凶犯一刀一刀，将爸爸捅得体无完肤。可爸爸只是挡在她面前，看着她满是鼻涕泪水的脸，似乎还笑了一下，像他曾把她揽进怀里点她鼻子说她调皮时的笑意一样温柔，像是身后不曾有那疯狂的痛意，像是他嘴里涌出来的不是鲜血，可他凝望心爱女儿的视线却越来越无法聚焦。

最终他倒在了她的怀里，临死前说的最后一句话是："宝贝，别哭。"

她至死都会记得那个凶犯的脸，至死都会记得那个凶犯的名字，陈司！

陈司杀了她父母还不够，还想将她灭口。她泣不成声，毫无还手之力。幸好外面及时响起警笛声，陈司来不及继续犯罪只能收手，他从一个后门逃跑，至今未曾捕获。

至今！

陈司，他那样十恶不赦的人，怎么还能活着！

明明，明明前天爸爸出任务时妈妈还说，他一定会安然无恙地回来，怎么才过了一天，爸爸妈妈都不在了呢？

这让她怎么接受呢？怎么能……

宁辜浑身发抖，满脸泪水，几乎脱了力。是林安奚扶着她出来的，一出影院大门她便跪在路边不住地呕吐，吃的那一点东西全被吐了出来。

宁辜边哭边吐，哭到眼睛红肿，岳楼和秦书远两个大男人被吓得不轻，手足无措地看向林安奚。林安奚却只是站在宁辜身后望着她，面无表情，也浑然不顾路旁行人投来的视线。

良久，宁辜终于再吐不出任何东西了，他蹲下身，将哭得狼狈至极的人搂进怀里，手臂穿过她的膝弯将她抱起来，对着仍旧茫然的岳楼和秦书远说："我带她去走走，岳楼、书远，麻烦你们帮我把车开去海边的房子。"

秦书远和岳楼虽然状况外，但好歹行动力惊人，忙去开了车，林安奚则抱着宁辜一路走到河边。

A市的护城河，河边有一块大大的草地，旁边长了一棵参天香樟树，树下置了一张长椅。

林安奚把宁辜放在长椅上坐好，宁辜还是哭得无法自抑，头埋在林安奚的怀里不愿出来。林安奚也不勉强她，只看着远方，轻声问："宁宁，怎么了？"

宁辜搂着他的腰，死命摇头，一开口便是破碎的抽泣声："没……没有，电影结局太难受了，警察为什么会死呢？"

对啊，为什么会死呢？

不是说好会一直陪着她的吗？

林安奚看向河水绵延的地方，轻声问了一句："宁宁，你觉得，什么是死亡呢？"

宁辜身体一僵，连哭声都渐缓。

“为什么忽然这么问……”

林安奚笑了笑，笑意却未达眼底：“随便问问而已。宁宁，回答我好不好？对死亡有什么感觉？”

宁辜的身体都僵直了，这下彻底没了哭声，只有偶尔的一两声抽噎。

林安奚顿了下，忽然说出答案：“死亡，不过是一段旅程的结束，人活着，就是为了奔赴死亡。万物从无到有，从有到无，所有这一切，天生就是为了等死的，生而为死，不是吗？所以，死这种事情，太过自然，而我们，也要顺其自然，不是吗？”

宁辜慢慢抬头，眼睛全红了，她看着林安奚，林安奚低头在她的眼睛上落下一个吻，她闭上眼，眼里剩余的泪都掉下来。

“宁宁，你没感受过死亡，那我便带你去感受一下。”

宁辜不懂他的意思，却已经被他再度抱起来，拦了一辆出租车，目的地是海边。

到海边已是黄昏时分，冬日里总是黑得快，下车时天色已经暗下来。林安奚一路抱着宁辜，宁辜想要自己走，可他强硬地拒绝了，在宁辜惶惑不安的视线里将她带上了一艘游艇，这才将她放下。游艇驶向大海中心，耳边全是呼啸而过的风。

林安奚看着宁辜，眼底全是她看不懂的情绪，他吻上她的嘴唇，一遍一遍厮磨，良久，望着她水光潋滟的嘴唇，轻声说：“宁宁，宝贝儿，相信我吗？”

宁辜不明所以，但她点头：“嗯……信。”

最相信你了，只相信你，你说什么我都信。

林安奚便捂住她的眼睛，牵着她一步一步往风口走，除了风声她什么都听不到，视线被阻隔，她只能感受到他掌心微凉的温度。

慢慢走了一会儿，她感觉林安奚停了下来，随即，他在她耳边说：“宁宁，屏住呼吸。”

她依言做了，林安奚便忽然松开手，然后用方才捂着她眼睛的那只手，一把将她推进海里。

宁辜陡然瞪大双眼，坠落的过程里她眼里涌出大颗大颗冰冷的泪，模糊的视线里，是他那张隽秀的脸和看不清情绪的双眸。

被海水包裹时她闭上了眼，冰冷刺骨的水争先恐后地涌进她的衣服，压迫感骤袭她的胸口，她甚至出现了心脏骤停的错觉。她慢慢随着重力往下坠落，夜晚的海是深蓝的，她甚至有闲情逸致感受海水在衣服里流窜的触觉，还漫无边际地想到了今天这一身衣服都是林安奚帮她穿的。

一件白色的长款羽绒服，一条围巾，一副手套，很温暖。

绝对比这黑暗的海里温暖。

可她快要憋不住气了。

不然，就这样吧，她认命地想。

她像是临死前看到走马灯一样，眼前竟出现了自己这十九年来所有经历的事情。她和父母坐在自家客厅吃着水果看电视时，爸爸逗妈妈，换掉了妈妈最喜欢的电视频道，妈妈恼羞成怒，扑过去要打他，他便把自己抱在腿上，笑盈盈地说："别闹，宝贝女儿还在这儿呢，可要小心打到她。"而妈妈纵使气恼，也无可奈何，赌气地坐得远远的，爸爸便又抱着咯咯笑不停的自己凑过去，哄她，"好了好了，我错了，再也不这样了，老婆不生气。"

这是多久以前的事情了呢？那样幸福的时光……

场景换到爸爸妈妈死的那一天，妈妈无法呼救的嘴，涣散的瞳孔，渐渐冰冷的身体，爸爸最后的笑，还有那句"宝贝，别哭"。

她无力承受，面孔扭曲起来，张开嘴，任由海水灌进来，填满了她的呼吸。涩到发苦的味道，像眼泪一样，气管和鼻腔被海水侵占，疼痛不已，她越坠越深，闭上眼，却看到了林安奚的脸，如同冬日里难得一见的阳光一样，温暖、灼人。他的身上，是光聚焦的地方，而他站在光里，对她露出一个温柔的笑。

一道巨大的物体落水声响在耳边，宁宰还没来得及睁开眼，就被人扯住手臂，托着后背往上带。

她睁开眼，看到了林安奚。

是她的光。

林安奚将她带上游艇后面绑着的一条救生船上，掰开她的嘴让她把喝进去的水全部吐了出来。林安奚全身湿透，却忽地气场全开，眼底深暗的情绪达到顶峰。他的头发还滴着水，脸色几乎可以说难看，他逼近宁辜近乎呆滞的眼睛，嗓音低哑："宁宁，死亡，你感觉到了吗？被海水包裹的那一瞬间，心脏骤停时，便是死亡接近。感受到了吗？"

宁辜却只能看着他，说不出话来。

林安奚也没打算让她说出话来，低头便堵住她的唇。他把她压在船头，舌尖抵开她的牙关，发狠地亲吻她，一遍一遍凌虐她脆弱的双唇。宁辜终于在他一遍一遍的亲吻中哭出声来，把所有害怕和不安，都化作了泪水。

两人浑身湿透，狼狈不堪，回到林安奚海边的房子时，早早开车过来的岳楼和秦书远都惊呆了，不懂怎么才一会儿不见两个人就搞成现在这个鬼样子。

岳楼火急火燎地问怎么回事，发生了什么，林安奚却没时间回答他的问题，抱着宁辜一路上了二楼卧室。

门被"砰"的一声关上，跟在后头的岳楼和秦书远都被吓了一跳，凭他俩再神通广大，也实在猜不到这到底怎么了。

正疑惑着，两人就忽然听见卧室里传来宁辜的哭声。房间隔音效果还不错，但到底还能听到些微末声响。一开始是断断续续的哭声，后来便听到这哭声里似乎带上了些许呻吟。

这下两人都知道里面在发生些什么了。

他俩都有点尴尬，对视一眼，岳楼挠挠头发遮掩不自在："这林安奚还真是，看不出来哈，出其不意，兄弟，真是威武！"

驴唇不对马嘴，说的些什么鬼。

秦书远瞬间没了尴尬的心思，转身回了客房。

岳楼被秦书远撂了脸色，在门口站了一会儿，也跟着离开。

那天一整晚，林安奚在无限缱绻的吻里一遍一遍问宁辜：你信我吗？

你信我吗？

宁辜哭着承受他的一切，死死抱着他，轻声说："信，我信。"

第二天，两人倒是起得最早，岳楼挠着后脑勺迷迷糊糊摸下楼的时候，林安奚已经在做早餐了，穿着毛衣戴着围裙，还真挺像那么回事。宁辜呢，就趴在厨台上一眨不眨地看着他，穿着林安奚的白衬衣和长裤，身上还套了一件林安奚的毛衣，浑身都显得暖洋洋，偶尔林安奚回头看她一眼，她便笑。

开始下雨了，窗外有点暗，没有冬天阳光的衬托，岳楼却还是觉得这场景温馨。

他把这归咎于自己还没睡醒的缘故，明明就是大型撒狗粮现场！怎么能忍！于是，他拍了拍自己的脑袋，再看向这场景时，道："哟，起得蛮早啊。"

宁辜这才发现他的存在，听他的口吻似乎是知道昨晚发生了什么。宁辜脸皮实在是薄，此番便有些不好意思，尴尬地冲他打招呼。

岳楼不打算为难宁辜，他也没那个胆，拿了盘林安奚刚煎的蛋，再拿了杯他热好的牛奶，走到餐桌前坐好，吃了一口才说：“嗯，林安奚大哥的厨艺进步了，不错不错，没有因为一晚的劳心劳力而退步，值得嘉奖。”

林安奚正好关了火，闻言淡淡瞥了岳楼一眼，牵着宁辜在餐桌前坐下，又顺手递了几片土司给岳楼，没说话。

岳楼不知见好就收，继续问：“我好像记得，林安奚这一身厨艺都是在日本的时候学的吧？好像还是为了个女孩子吧？”

宁辜一愣，放下牛奶杯看着林安奚。林安奚还是没说话，眼皮都没抬一下，静静听岳楼说话。

“那会儿我们都在想啊，这到底是哪个女孩子这么有福气啊，还能让这混世魔王为她学做菜。啧啧啧……不过，被这货看上应该是一件很不幸的事情才对，所以应该说是哪个女孩子这么倒霉吧？”

他自说自话了一会儿，没纠结出个答案，随即又抛诸脑后：“反正我们后来也没见到那位传说中的女子，照片倒是有幸见到过一次。”

他说着打量宁辜，露出一个笑：“想想还跟小宁你有点像呢，你不知道我第一次见你，就觉得你和她长得有点像……”

岳楼话还未说完后脑勺就被人猛地拍了一记，他吃痛，龇牙咧嘴地转过身，看到秦书远一脸冷漠地坐到他旁边：“就你有嘴，一天到晚叭叭叭的。”

岳楼委屈：“我说的是事实啊……”

那一顿饭，宁辜食不知味，好心情一扫而空，后来坐在沙发上发了一整天的呆。

林安奚还有些收尾工作，完了之后过来接宁辜去采办年货。林母为了让林安奚带着宁辜在A市多玩玩，特意把这项工作交给了林安奚。

超市人多，林安奚看出宁辜的不自在，他也颇为无奈，只能一手推着车一手搂着宁辜，在人群里开辟通道。

他们去买林母特意交代的鱼，突然有一大拨人拥过来，一个女孩子推车里的东西掉下来砸到宁辜脚上，那个女生赶紧停下来道歉，宁辜却下意识地躲在了林安奚背后，深呼吸了许久才用有些发颤的声音说没关系。

她现在，连见外人的勇气都没有了。

人潮使她窒息，使她无力面对，她害怕。

除夕那天下了大雪，铺天盖地，雪花堆白了整片大地，林母说这是瑞雪兆丰年。

林父看出宁辜这两天心绪不宁，特意给她熬了安神汤，林母盛了一碗递给她，问：“看你这两天脸色有些不好，是有些不习惯吧？来了个不熟悉的地方是容易这样，还会做噩梦吧？这是你林叔叔特意为你熬的，喝了就不做噩梦了。”

完了，她又对林安奚说：“还有你，你个臭小子，也不知道多照顾人家一下，就知道工作工作，是工作重要还是媳……小宁重要啊？”

林安奚无奈：“爸，你让我妈讲讲道理好不好？”

林襄半点没觉得自家老婆不讲道理，反而振振有词：“不讲道理吗？哪里？在我这你妈的话就是道理。”

林安奚扶额。

宁辜笑盈盈看着林安奚再度吃瘪，端起安神汤喝了一口，刚刚好的温度，暖意从喉间一路蔓延进胃里，最后顺着血液腾升至心脏。

A市的年夜饭普遍吃得晚，吃完饭便已经到了夜里。大雪下了一整天，毫无停息的迹象。

林爸林妈都不喜欢看春晚，早早睡觉去了，林安奚则带着宁辜守岁。

风很大，夜里很冷，可两个人都跟不怕冷似的爬到了小区顶楼的天台上，高处不胜寒，冷得更厉害。他们两个没打伞，宁辜被风吹了一会儿就开始搓手，林安奚便把她的手握进掌心。

站在楼顶俯瞰大地时才觉万物渺小，人都如蝼蚁。雪一片一片静静落下，林安奚牵着宁辜站在楼顶边缘，仿佛悬崖就在脚边，稍有不慎就会粉身碎骨，可这感觉太刺激，她总忍不住往下瞧。

林安奚就着她的姿势把她搂进怀里，望着漫天大雪轻声问：“宁宁，最近总是做噩梦，怎么了？都梦到什么了？”

宁辜闻言一愣，没想到林安奚会忽然说这个，她下意识就隐瞒，不想让他知道。她已经有过无数次这样的下意识了。

“没，可能有点认床吧……”

林安奚静了一瞬，随后松开她，看向楼下，轻声道：“小时候，我曾无数次想从这里跳下去，来感受死亡。活人总是对未知的一切充满好奇心，比如未来，比如死亡，但其实想想，死亡也不过如此，不是吗？”

他看向宁辜，宁辜和他对视，他意味深长地说：“宁宁，如果生者无法完成死者的寄愿，那么他们的死便一点价值都没有。有些事情，该是时候放下了。”

宁辜怔住，呆呆地看向林安奚，她不懂林安奚是什么意思，只能看着他。

林安奚却转了个话题，再度看向楼底，问：“宁宁，你猜，如果你从这里跳下去，我会怎么做？”

宁辜跟不上他的思维，他却回过头，纯黑色的眸子在夜色里看着全是错觉的深情。

“你猜，我是抓住你，还是陪着你一起跳下去？”

他望着她，身上全是白色的雪，同她一样，像是一夜白了头。

过完年，林安奚直接带着宁辜回了C市，宁辜还没开学，但接了个不大不小的工程，做一个书店的室内设计，对方直接联系他们学校，再由班导联系的她。

宁辜无法和陌生人交流，但好在一切来往皆通过她们班导，她思考了下，便接下来，当是实践经验。

构图还没想好，她每天要去无数书店转悠找灵感，恰好最近林安奚也没什么事，便陪着她一遍一遍地跑。

但林安奚也就闲了那么几天，宁辜画稿画出来的那天，林安奚答应帮岳楼去拍一组照片。林安奚自小对摄影很有天赋，初中时随手拍的一张风景照竟还拿了全国青少年摄影比赛的金奖，后来他把摄影当爱好，陆陆续续拍了一些照片，有些发表了，有些参过展，竟也在业内混得小有名气。

岳楼这次接了个Case（项目），客户指名了要类林安奚式拍摄风格的设计，并且不能同他以前的作品相同。倒不是岳楼作弊，只是林安奚拍摄手法实在刁钻，岳楼自认自己是个平凡人，不懂他等神仙的境界，所幸客户也不知道他和林安奚认识，便托林安奚再去拍一组给自己全版权，他做了设计再和客户解释。

去西双版纳，岳楼亲自当牛做马，三天时间，其实不是很长，但宁辜听见这个消息还是愣了一下，许久才勉强笑着，磕磕巴巴道：“三……三天后见……”

林安奚看她牵强的笑意，叹了一口气，将她拉进怀里，轻声道：“等我回来，宝贝儿。”

三天，72个小时，不过是晨起到日暮，宁辜总能找到事情做，其实不会特别难熬。

自从爸爸妈妈走后，她一直都是一个人过的，也没什么。

宁辜那个案子最终完成得很完美。客户看了设计图很满意，他们班导爱才惜才，再三邀请宁辜和客户一起共进午餐，为以后的客源打好基础。

宁辜其实不想参加，但是架不住班导的盛情只能前往。她虽不善言辞，所幸有班导从中引导，一顿饭吃得倒也算安稳平静。

饭局结束时已经下午六点，天黑得差不多了，班导怕她一个女孩子回家不安全，想要送她回去，但是她婉拒了。

日历上的数字增长一个，宁辜盯着日历看了一会儿，心底长长地松了口气。

还有两天，只要两天，林安奚就回来了。

可是想着想着，又有些失落。还有两天。

宁辜想，如果一开始她没有遇上林安奚，她大概也可以毫不在意这份难缠的孤独和失落。

她将房子里所有的窗帘都拉上，关了灯，抱了件林安奚的衬衣躺在床上，其实并不能聊以慰藉。

宁辜蒙着头深深吸了一口气，感到真真切切的失落。

从她稀里糊涂和林安奚发生关系到现在，过去多久了呢？从她患得患失，到现在几乎默认了她和林安奚的关系，一共花了多少时间呢？

林安奚林安奚林安奚……

这个名字那么好听，每叫一遍都让她心悸。

其实，她看不懂他的。即使她告诉自己她相信他，相信他所说的注定。相信他就是在恰好的时间遇上了她，既然恰好，那么为什么又要费力去扭转呢？可是，岳楼说的那些话，她从没有忘记，一个字都没忘。她只是不敢去想，不敢去问，怕问出口，梦就碎了。

还有，还有啊……她的身世，她经历过的那些事情，她的病，没有一个字，她敢告诉林安奚。

她真的真的，很想很想留住那束光，从来不敢奢望的神祇忽然有朝一日走到自己身旁，如果是旁人，会作何感想？

她甚至会想，会不会三天之后，林安奚就不会回来了？其实那些时光，都只是梦一场？

她又拿出手机看了看林安奚走那天发给她的信息：拍摄期间会关机，乖乖在家等我回来。

她把手机放在胸口，指尖冰冷，忽然又想到那天，她落入海中，自暴自弃地想要放弃一切。那天林安奚其实是生气了吧。明明自己答应了要信他的，可到最后，却还是选择了放弃，所以那天晚上林安奚的动作才会那么狠，像是要让她铭记一生。

他还带自己回家，他叫她宝贝儿，他给自己拥抱，给自己根本不敢想的温暖……

还有林叔叔林阿姨，都是那么那么好的人。

所以，林安奚就算嘴上不说，其实真心不言而喻，对她，她可以……这么想的，对吧？

宁辜闭上眼翻了个身，心脏一圈一圈闷着痛。

为了这么好的林安奚，她是不是……应该忘记过去了。

她是不是，要学会放下了？

林安奚走的第二天，宁辜回了趟学校，她之前借图书馆的几本书到期了，她过去还书，顺便又借了几本关于配音的书。

这会儿学校没什么人，来图书馆的也就是几个住在学校周围的学生。校园比往日里显得冷清寂寥。

宁辜逛了两圈，又掏出手机去看时间，竟然才下午两点。宁辜有点闷闷不乐，时间为什么不能快一点呢，飞快地转起来才好。心上人不在终究意难平，宁辜本来就没什么心思在外逗留，想到林安奚更加怅然，只想赶紧回家。

谁知道刚进小区门，门卫室一个大爷就忽然叫住她："宁辜，有你的快递，刚送过来的。"

这门卫室的大爷能记住每一个住在小区的人，并且精准到你从他面前经过他可以准确叫出你的名字。

真是天赋异禀。

宁辜拿起那件快递看了一眼，普通的快递盒子，没填发件人信息和物品，但拿在手心里感觉分量还挺足。

宁辜到了家把书放下才开始拆快递。她最近没买东西，也不知道为什么会有她的快递送过来。

外面缠住盒身的胶带被剪刀划开，宁辜拉开紧闭的盒盖，看到了一沓相片。是她的。

每一张照片都是偷拍，各个角度的她，有从学校走出来的她，有准备回家的她。照片从夏装横跨到了冬装。可见拍照片的人已经在她身边潜伏多时。

照片底下夹了一张字条。宁辜静默许久才打开那张字条。字条上写着：你还活着，真好。幸好当初没有把你杀掉。

落款是一个小小的司。

陈司的司。

宁辜猛地瞪大眼睛，那沓照片瞬间砸到了地上。

林安奚走的第三天，宁辜是从噩梦中惊醒的。

梦里她看见了陈司那张脸，疯狂狰狞，犹如修罗。他拿着刀一次一次刺进爸爸的身体里，她的眼前全是血，大红大红的颜色，像火一样。她哭着从梦里挣扎起来，下意识就找林安奚，可昏暗的房间空无一人，只有她自己。

这时电话响起，居然是从不主动联系她的季衍青。她犹豫地接起电话，那头季衍青的第一句话就是：“宁辜你在哪儿，安全吗？

没事吗？”

宁辜的哭腔几乎藏不住，但她努力让自己的声音不那么发抖：“什……什么？”

季衍青在那头静默了片刻，他说：“刚刚看了一个社会新闻，一个重度抑郁症患者刚刚结束自己的生命。忍不住有些担心你。抱歉，贸然打扰。”

宁辜居然还能强撑着和他说完再见。

挂完电话之后，她的眼泪立刻掉下来。脑子里陈司那张恐怖的脸不断地回放，一遍一遍地凌迟她。

她痛苦地咬住自己的手背想强迫自己冷静下来，可是没办法，做不到。她满脑子都是爸爸妈妈离开那天的场景，陈司那张宛如修罗的脸几乎近在眼前。

她像是又回到那天，被黑暗笼罩，被绝望吞噬侵袭。

她把下嘴唇都咬破了，跌跌撞撞爬到墙角蹲着，抱着膝盖将头深深埋进臂弯里，全身发抖。陈司还逍遥法外，并且生活在她的周围，时刻监视着她的生活。她……该怎么办？

她真的，好想林安奚。

他在的话，就算前路没有光，她也不会害怕。

宁辜失声痛哭。所有恐惧委屈愤怒悲伤哭出来的下一秒，她打了110。

林安奚是在那天下午回来的，推开门窗帘都被拉上了，房子里无光，显得昏暗压抑。

林安奚皱了皱眉，不知为何心头忽然涌起一股不好的念头。他径自走向房间，推开门，轻轻叫了一声：“宁宁。”

无人回应。他往里走了两步，在墙角看到了她。

他的姑娘，光着脚坐在地上，浑身蜷缩成一点点，抱着膝盖发着抖。

林安奚看着她，心脏就那么疼了一下。

他忽然想到秦书远发给他的资料里面，关于她病情的描述：严重时极度害怕与外界接触，会有频繁做噩梦的症状。

初见时她还不是这样的，她的眼神虽然容易闪躲，但终是愿意将目光一点一点放在明亮处。而现在，她彻底放弃了。

而这一切，是他故意造成的。

不挖掉腐肉，伤口永远不会愈合。

可此时此刻林安奚看着眼前蜷缩成一团的宁辜，忽然就放弃了自己一直以来的决定。他闭了闭眼，心脏还是钝痛无法缓解。

他想，不如就顺其自然吧。反正，都是他的。他会一直陪着她。

他走过去，半跪在她面前，轻轻叫了一声：“宁宁。”

宁辜的身体颤了颤，她没抬头。

林安奚便伸手抱住她，心脏还是酸酸麻麻地疼。

“宝贝儿，是我，我回来了。”

宁辜的身体又颤了颤，终于缓缓抬起头，看向她，视线里全是血丝。她的嗓子是哑的，开口便是哭腔：“林……林安奚……”

林安奚抱起她，回应：“是我，是你的林安奚。”

宁辜的眼泪便大颗大颗地掉出来，她把头埋进林安奚的怀里，无声哭泣。

林安奚身上似乎染上了西双版纳的日光，呼吸间全是毛茸茸的日光味道。

林安奚把她放进被褥里，双手撑在她身体两侧，低下头缓缓亲吻她的额头、眼睛、鼻尖，然后是嘴唇。

嘴唇相触的那一瞬间他抵开她的牙关，长驱直入侵入她的领地，让她感受自己的气息。

他贴着她的唇轻声道：“乖，不怕了，我回来了。”

宁辜手搭在他的脖子上，闻言搂得更紧了一些，眼泪从眼角渗出来，不停息。她一遍一遍地确认：“是你吗，林安奚……”

“嗯，是我，乖，是我。”

宁辜便哭出声，死死缠住他，像是想就此一生。

宁辜主动，每一分迷离的深情里都带着深深的恐惧，恐惧爸爸妈妈的离去，恐惧林安奚再不归来。

第二日宁辜是在林安奚怀里醒来的。难得她醒来时林安奚还在身边。林安奚的体温顺着肌肤不断涌进血液，宁辜后知后觉才发现两个人好像都没穿衣服。

她呆了一下，想到昨晚林安奚回来的场景。她好像在墙角待了一整天，迷迷糊糊好像看见了无数幻觉，她在幻境里被过往炙烤，被鬼魅折磨，然后林安奚便过来了，他将她扯进怀抱，强行拉进他的领域。

然后她记得自己哭了，抱着林安奚不肯撒手，缠着他一遍一遍，那么急切地想要感受他的存在。

林安奚便一直看着她，一遍一遍在亲吻中哄她。

宁辜立刻脸红了，下意识就想挪出林安奚的怀抱，却被林安奚一把拉住又按回怀里。

林安奚抬手将她抱得更紧了一些，却没睁眼，只带着餍足之后的缱绻温柔轻声哄她："乖，别动。"

宁辜便全身都僵了，两人肌肤相贴，体温悉数传给对方，宁辜甚至感受到了他心脏有力地跳动。

灼人滚烫的温度，是她的林安奚。

宁辜趴在他怀里闭了闭眼。

可没温情一会儿，宁辜就感觉有温热在自己颈间游移。她轻轻挪了一下身体，小声讲了一句："林……林安奚，痒……"

林安奚终于睁开了双眼，眼睛里满是笑意，他哑着声音意味深长："宁宁，你知不知道，你现在稍微动一下，都叫撩拨我。"

宁辜："……"

她紧张地僵直了身体，林安奚再度哄她："乖，让我亲一下。"

她便任他亲上来，但最后当然不止亲吻那么简单。

两人又睡了许久，再度醒来已经中午。

这次林安奚已经起床，他拉开窗帘，又下雪了，窗外一片银装素裹的世界显得格外亮，仿佛无端坠入了光。

宁辜抱着被子坐起来，林安奚站在光里，笑着对她说："下雪了，出去走走吗？"

两人出门时雪还没停，林安奚撑着伞走在宁辜身后。宁辜像是真的很高兴，她通常都是噩梦里再难熬醒来便立即忘记，像是她自我保护的下意识一样。她戴了个帽子，跟在林安奚的伞底下走了没两步就没忍住跑了出去，踢了几次积雪，然后伸出手在漫天大雪里转了几圈。

林安奚撑着伞在身后看她的笑容，心软得不行。

一直笑就好了，这才是你。

林安奚的职业其实并没有假期可言，工作室又接了一部动漫的配音，林安奚第二天一早便要赶去工作室配音，临走之时他再三跟宁辜说自己中午就会回来，要乖乖的，要等着他，要想他。

如果不是因为宁辜的客户需要她再改一下设计图并在今天之内交给他们班导，林安奚真的很想带她去工作室，前天晚上他回来时看到的场面他不想再见到第二次了。

黏糊了好一会儿林安奚才真的离开，宁辜拿出设计图构思客户的要求，想了想又打开电脑随意点了一部林安奚配音的动漫开着。有林安奚的声音在，聊胜于无吧。

改了一半，林安奚又打电话来，说他们工作室临时搞活动，录一场广播剧版的《恋爱的犀牛》，不发行，只是几个同行录着玩玩儿，问她要不要过来看看。

《恋爱的犀牛》是宁辜最喜欢的一部爱情话剧，曾经看过无数遍，里面的每一句台词她都会念。

要是林安奚饰演马路的话……林安奚念那些情话啊，她还真忍不住想去听听。

最终，宁辜还是抵不过林安奚的诱惑，放下手头工作，毫无原则地去了林安奚工作室。

林安奚工作室她只来过一次，可工作室里的人竟然都认得她。小乙和林安奚都不在，大概是在录音棚。一位看着干练精致的女人带她去到录音棚，走时还对她挑了下眉，看着神情有些八卦兮兮。

宁辜多少能猜出她的好奇心，最终也没说什么。她也不能说什么。工作状态的林安奚神情专注认真，对着稿子和几个同行比画着什么，宁辜在棚外，根本听不到任何东西，只看到灯光在他眉眼处落下的阴影，像是银河星光落入眼中，不然为什么那么亮。

但宁辜到底也没能等到林安奚录完给她听Demo（小样），客户要求千奇百怪，刚刚还说今天之内看到设计图就好，这才过去了不到一个小时，又说还是马上给他看一下初版设计图比较好。宁辜无奈，又盯着棚内专注认真的林安奚瞧了几眼，给他发了条信息后离开了。

前两天下了雪，今天又结了冰，路面并不好走，这样的天气大多数人都会选择乘车出行或者干脆不出行。路面湿滑车辆实在是少，宁辜在原地等了半个小时还是没能打到车，只好给班导发信息说自己可能要晚点到家。

一路走回家，有点冷，凉风刺骨穿过纤维，附骨之蛆一般附着在毛孔里甩不掉。宁辜搓了搓手，又把手塞进衣服口袋里，结果不小心带出了放在口袋里的钥匙扣。

一个小小的、有Q版林安奚挂饰的钥匙扣。

宁辜“啊”了一声，弯腰小心翼翼捡起那枚小小的物什，余光瞥到身后，却发现背后一个穿黑衣的男人迅速压低了头上的鸭舌帽，然后停在她身后不远处假装玩手机。

宁辜愣了一下，心跳陡然快起来，一股凉意沿着背脊直冲脑门，让她整个人头皮发麻，手心瞬间就冒了汗。

宁辜将钥匙扣攥进手心，用力到指尖发白，痛意似乎让她的理智回升不少。她慢慢吐了口气，强装无事地继续往前走，不一会儿又拿出手机假装照镜子整理自己微乱的头发。

透过手机的镜子，她看到后面那个人果然在她走之后也开始亦步亦趋地迈开步子。她手里全是汗，但还是鼓足勇气假装不小心又将那枚钥匙扣掉到了雪地里。她往前走了两步，自顾自疑惑了一下，然后回过头蹲下。

视线里出现那个即刻停下转身若无其事玩手机的身影。

几乎是立刻，宁辜便想到了陈司那张血腥又恐怖的脸，拿着刀，眼睛里全是血丝和狰狞。

还有他前几天寄给自己的快递。

宁辜心跳快得发痛，背后是森森的寒意，她脑子里几乎炸出一朵朵烟花来，可那些本该转瞬即逝的火花，却变成一道道巨大刺目的白光，白光像是张开了无数双手，一把将她拖进了深渊。她越走越快，身后那个人几乎要追上她了，可是忽然，她眼前伸出一双手，拉过她的手臂，一把将她扯进怀里。

没有熟悉的味道，不是林安奚。

这个认知让宁辜几乎立刻就推开抱住她的人，拉开距离时她看向身后，跟踪她的人已经不见了。

宁辜抬头，瞧见了季衍青的脸。

可她还来不及多想，脑子里闪过无数过去的画面，那些细碎的回忆化作一把把利刃割裂她所有安然无恙的假象。

她趴在地上吐了出来，眼泪爬满了整张脸。

为什么，还不放过她。

……

林安奚从录音棚出来的时候没有看到宁辜，去办公室找了两人问了下，大家都在专心工作，竟然没一个人知道宁辜是什么时候走的。手机上有宁辜发过来的信息：林安奚，客户那儿临时有要求，我先走了。那个……等你回来！

林安奚弯了弯嘴唇，眼里似含了点笑意，心脏那一块儿很软。刚准备给宁辜打个电话，秦书远却一个电话插了进来。

秦书远的语气很急，含了满满当当的急躁与紧张。

他说："安奚，不对劲，小宁那边可能有什么问题，我今天才发现，有一个男人好像经常出现在她身边。"

季衍青把宁辜带回了自己的心理咨询室。

宁辜刚刚吐过一场，脸色惨白，一双眼睛毫无神采，满是死寂，像是没有生命的玻璃弹珠。

季衍青给她倒了一杯温水，但她没接，只是盯着虚空中的某一个点发呆。季衍青叹了口气，主动开口："刚刚，跟在你身后的那个人他……"

宁辜的双眼像是被点燃了一般，拉扯着填进了许多东西。恐惧，痛苦，不堪，难以接受，一并塞进她湿漉漉的眼睛里，扭曲了她姣好的面孔。

宁辜的眼泪几乎是无意识地掉出来，她轻声说："我想回家。"

她想林安奚。

都说昨日死今日生，这句话她在林安奚身边时想了无数遍。她觉得应该要给他一个健康的、干净而纯粹的她，所以她无数次想要忘记过去，她想痊愈。

甚至打定主意，往昔不可改，那么今日从头来就是啊。

确定没有人再跟着自己了，宁辜失魂落魄地回了家。林安奚还没回来，宁辜惊魂未定，想给林安奚打电话，正巧手机响了一声，是信息提示，她打开一看，才发现是浏览器新闻推送。

她便顺手点开，却在看到里面内容时骤然睁大了双眼，眼中惊恐万状，又落泪。

只见新闻标题上写道：连环杀人犯陈司日前在C市出没，警方合力追击，却仍让其逃脱……

她的过去啊……黑暗，肆无忌惮地扎根生长。

宁辜下意识扔掉了手中的手机，蜷缩进沙发，落了泪。

从头来过，其实，那么困难啊。

宁辜坐在沙发上看了一会儿天花板，最终还是打给了110。

“今天，陈司出现在我身边了，看身形……应该是他。他一直在跟着我，好像跟了我很多天了……”

宁辜离开后，季衍青良久都没回过神来，他不知道为什么又想到刚刚宁辜下意识推开他的动作，满身排斥与防备。

可是，她分明也会和别的男人那么亲密，抱着别的男人，连闭上眼的动作都那么温顺。

季衍青苦笑，电话铃声响起，是未知来电。季衍青抿唇，他知道是谁。

依照那人说的地方和他见面，见了面的第一件事就是挥手给那人一拳，接着又是一拳，毫不留情，打得那人窝在地上爬不起来。

季衍青打红了眼似的，一拳捶在墙壁上，手上瞬间渗出猩红。他红着眼睛朝那人低吼："我警告过你！我警告过你不准出现在她身边！我警告过你绝对不可以伤害她！你为什么还要靠近她！你这个畜生！你害死了一个还不够吗！"

说着又一拳一拳挥在了那人的身上，肉体撞击时发出沉闷的声响，在这逼仄的小出租房里显得格外压抑。

可那个被揍的人一言不发，沉默地任他打，只是冰凉冷漠的眼睛里满是不屑和戾气，可是最终那些戾气，又化作莫名的柔情消失在他的情绪深处。

他像是如释重负，又像是解脱了一般。

很高兴见到你，姑娘。

他在心里想。

Chapter 07
林安奚的故意

“爸爸，你今天抓的那个杀人犯听说是个连环杀人犯啊？听说他有很严重的反社会倾向？”

……

“宁瞰！你知不知道，那天是我能见季繁的最后一面！她死了，她自杀了！她自杀前就想再见我一面，你却把我抓回了公安局！是你！是你让我挚爱死于眼前！我也要让你付出代价！我也要让你尝尝，至亲至爱死在眼前的滋味！”

……

“去死吧，去死吧，去死吧！你们都给我去死！”

……

“小宁？你在哪儿？出事了，你爸爸出事了！你赶快回来！”

……

“妈妈，你不是说爸爸一定会没事的吗？那他什么时候回来？”

……

“宝贝，别哭……”

……

为什么，为什么，不放过她……

为什么，为什么，要一直阴魂不散……

为什么，他还能好好活着……

茶几上的水果刀有新沾染的血迹没擦干净，胡乱丢在上面的卫生纸染了新鲜血液的温热，变得斑驳。

宁辜左手上有许多伤疤，大多是已经愈合的，如今又添了新的。有道伤口太深，以至于难以止血，一滴一滴往地板上滴下鲜红的温热，她却一点都不觉得疼。

她这次，连哭都哭不出来。就在刚才，她还在想，自己会学着放下，她想重新开始。

可偏偏，上天都不放过她。

她就知道忘不掉的，那该是她一生的阴影，她蹲在地上，心脏抽疼。

与此同时，林安奚正在一边往家里赶一边给自己爸爸在公安局里的朋友打电话，把刚刚秦书远发现的事情告知给警察。

秦书远也是刚刚才发现，凡是宁辜出现过的监控录像里，必定会有一个穿戴黑色戴深灰色鸭舌帽的男人。秦书远不知想到什么，立刻上网查了陈司的照片，应该就是一直跟着宁辜的那人。

一个小姑娘孤立无援，原来一直被人觊觎。

那该有多可怕。

林安奚几乎是飞奔着上了楼，步伐迈得又快又急，脚下生了风一般，可是刚走到大门口，便看到几个警察从他们家里出来。林安奚皱了皱眉，在电梯口顿了一下。

警察注意到他的存在，交头接耳了几句朝他点点头，林安奚便问："你们好，警察同志，请问发生了什么事？"

屋内的宁辜像是听到了林安奚的声音，走出门，然后她不顾在场的警察，飞奔着扑进林安奚的怀里。

林安奚立刻抬手搂住了她的腰。

是宁辜熟悉的味道，是令她安心的人，是她的林安奚。

宁辜把头埋进他怀里，死死抱着他。

她说："林安奚，我好想你。"

想见你，想抱你，想时时刻刻待在你身边。

宁辜难得主动撒一次娇，杀伤力可想而知，当然下场也十分惨烈。

她几乎在半途就昏睡过去，却还记得要自己去洗澡，林安奚被她从浴室赶出来，还对着紧闭的浴室门失笑，调侃道：“这是典型的下了床就不认人了？”

不，当然不是。

是宁辜不敢给林安奚看她手臂上的新伤，不管以往林安奚帮她清理时有没有看到她的伤疤，但只要他不开口问，她便一定不会提，自欺欺人假装一切都很好。

可是那些新伤，她一个也不会让他看见。那是她狰狞丑陋的过去。

一直睡到日上三竿。

等到宁辜吃早餐的时候，林安奚才得空问她昨天发生了什么，为什么会有警察来家里。

宁辜咬了一片吐司，没抬头，睫毛浓密遮住情绪。她轻声说：“我身边……好像出现了一个……杀人犯。”

她没有撒谎，只是隐瞒了部分事实。

林安奚眸子敛了一下，静默地看着她片刻，皱眉，靠在她身边的餐桌上，低声道：“杀人犯？”

宁辜点点头：“我也不大清楚，但是警察说他好像跟在我身边蛮久了，我也是才发现。”她抬头，“不过不用担心，警方已经在我身边安插了眼线和警力，负责保护我的安全。”

林安奚盯着她看了一会儿，还是没忍住打断她吃早餐的动作，握住她的手腕将人扯进怀里。

林安奚睁着眼睛看向她身后，喃喃自语道：“宁宁，我得把你看好了。”

我的宝贝儿，我的小乖。

宁辜似乎感觉到他的不安，于是更加用力搂紧了他的腰，在他怀里闭上眼睛：“林安奚……别担心。”

她也不知道到底是什么别担心。但是他在自己身边啊，那就好了吧。

可有些事，并不是不担心就不会发生。

第二天上午八点半，宁辜接到了一个电话，无来电显示。她似是有所预感，盯着电话的眼睛骤然睁大，手抖得拿不稳手机，最后手机掉在地上，自动接听。

宁辜心跳几乎停止，眼前满是白色的雾气，渐渐模糊了她全部视野，有一滴一滴的温热自眼眶掉落。

她听见电话那头传来一个阴森冰冷的声音，如同来自地狱。

“宁辜，你好。”

宁辜吓得往后退了几步，眼泪大滴大滴，她呼吸急促甚至要窒息，整个人都在发抖。

眼前似乎又是爸爸妈妈的脸。先是笑着的，然后是妈妈流泪的脸，还有爸爸的血，那么那么红，红得几乎要烧起来。她的心脏钝痛，窒息感越来越重，几乎就要哭出声。可是林安奚在书房工作，她只能更用力地捂住嘴。

那头的陈司说："我想见你。

"你一个人来。"

林安奚这些天的工作的确有点多，堆到一起几乎让他没有喘息的时间。林安奚揉了揉山根，想到秦书远前几天跟他讲的话：杀害小宁父母的凶手应该已经出现了，你记得保护好小宁。

他皱了皱眉头，出了书房。他起床时宁辜还没醒，他便没有叫她，可等他现在再回到卧室，却发现卧室已经空无一人。

林安奚的心顿时悬起，他想到秦书远的话，陡然腾升起一股强烈的害怕和恐惧。

林安奚拿了车钥匙快步走到玄关换好鞋出门，却在开门那一瞬间看到了满脸是泪哭肿了双眼的宁辜。

她撕心裂肺地哭泣着，却一点声音都没有，只是握着胸口的衣服不断不断捶打自己的胸口。

痛，好痛。

爸爸妈妈都死了，为什么自己还要活着。

林安奚见她这般痛苦模样心顿时空了，疼痛将心缠得密不透风。他平稳了一下呼吸，才慢慢将狼狈的宁辜抱进怀里，轻声问她："宝贝儿，告诉我，怎么了？"

宁辜哭得上气不接下气，说："林安奚……陈司，那个杀人犯抓住了……"

当晚，宁辜做了一个梦。梦里回到白日她见陈司的场景。

陈司还是和以前一样，变化并不大，宁辜却像变了个人似的，瘦、憔悴、了无生趣，倒让陈司盯着她怔怔了许久。这般模样，他曾经在某一个人身上也看见过。

而他竟然还笑了笑，颇有兴趣地打趣她，说："不愧是宁瞰的女儿，有胆量，说一个人来就一个人来。"

宁辜心里满是惊恐与恶心，却没有表现出来，只有一双眼睛哭红，令人怜惜。

她说："我已经报警了。"每一个字都带着恨。

陈司倒是愣了一下，旋即又笑起来，他的笑容诡异苍白，显得更加恐怖。

"也是哦，这种剧情谁会不知道报警呢？不过，宁辜，"他顿了一下，笑意敛下来，深黑的眸子犹如黑洞，"你要知道，我如果被抓，那肯定是我无聊了，不想再躲了，没意思了，否则，绝对没有人能抓得住我。"

他的确只是玩够了，他看着宁辜一个人生活那么久，从未有人发现，除非他自己故意露出端倪。

"我这次就没想过能完好地从你面前离开，想必，你现在身后都是警察吧？没关系，我自首，但是，自首之前，我得先给你看个东西。一个，你非常感兴趣的东西。”

他丢给了宁辜一部手机。

手机在宁辜脚边跳跃了几下，停住。

宁辜蹲下身去捡，站起身时忽然感觉有阴影逼近，紧接着，她感觉到自己被人搂进了怀里，呼吸很轻地响在耳边。

宁辜却猛地瞪大眼睛，立刻推开他，面露惊恐。

陈司抵着唇止不住地笑了出来，笑得肩膀都在抖，他说：“我现在才发现，你和我认识的一个人，真的很像。”

他又靠近宁辜一步，宁辜立刻戒备地往后退。

陈司便停下来，说：“你身后的那群警察可以出来了。我认罪伏法。”

于是，一群便衣警察从各个方向跑出来制伏了陈司。陈司被摁倒在地，戴上了手铐。他的眼里却再没有年少轻狂时的暴戾和血腥，只有空洞的笑意。

他说：“对不起。”

但是，随即他又恶劣一笑：“不过，我送你的礼物一定要看，你会喜欢的。”

喜欢得发了疯最好，那样就和她更像了。

宁辜是在回家路上，才打开陈司留下的手机，里面只有相册里有一个视频，她犹豫了很久，还是点开。

然后，她听见爸爸的声音穿过尘埃和时光钻进了她的耳朵里，恍如隔世。

一声一声压抑的惨叫。

陈司却一鞭一鞭抽在爸爸的身上，爸爸被绑在椅子上，身上全是血，浑身不见人形。他奄奄一息，陈司却越发兴奋。

最后爸爸已经连呻吟声都发不出，垂着脑袋仿佛没有了呼吸一般。

就和，他永远离开的那天一样。

宁辜捂住脸，手机砸在地上，她往后退了几步，号啕大哭起来。

有不少人来询问她是否需要帮助，她却只顾哭泣，哭得几乎晕死过去。

爸爸，那么爱她的爸爸……

为了救她，放弃生命的爸爸……

为什么要这么对她？

为什么当初不把她一起杀了！

让她亲眼目睹这一切，她宁愿去死啊。

……

宁辜躺在林安奚怀里都睡得不安稳，一遍一遍跌进那个失重血腥的梦境里，然后生生从梦里吓醒。

她睁开眼，摸到了一脸的泪水，她将眼睛瞪大，然后猛地坐起来，下了床。

林安奚也睡得不安稳，半夜迷迷糊糊醒来，却发现宁辜并没有躺在身边。他皱着眉头环顾了四周，发现卫生间灯开着，于是下了床走过去。

厕所的门没关，宁辜就背对着他坐在地上，拿着一把水果刀，一下下割开了自己的血肉。很浓重的血腥味，弥漫了整个房间。林安奚大惊，扑过去抢她的刀：“宁宁！”

她满脸泪水，满眼茫然，仿佛梦游状态一般，只见大颗大颗的眼泪往下掉，却面无表情，只机械地不断划开自己的皮肤。

林安奚心疼得如同刀钝，他小心翼翼将她搂进怀里，用尽全力搂紧她，他想给她温暖，可她浑身僵硬，如同再没有生命。

她只轻轻呢喃了一句：“林安奚……”如同快要断气一般地呜咽，便昏厥过去。

医生给出的诊断是惊吓过度以致精神崩溃，也无碍，多休息就好。

宁辜足足昏迷了三天，醒来的时候林安奚不在，只有一个护士姐姐在帮她换吊瓶，见她醒了朝她友善地笑了笑，说：“你醒了？感觉怎么样？”

宁辜没说话，眼珠子转了一圈，扫视了一下四周。护士姐姐像是明白她心中所想，说：“你昏迷三天了，这三天你男朋友一直守在这里。刚刚去帮你买粥了，三天没进食身体吃不消。”

宁辜点了点头，视线落在了头顶的白色天花板上。盯着白色看久了眼睛有些痛，她便闭上眼。

护士姐姐怕她无聊，贴心地帮她打开了电视机。

电视里正在播早间新闻，播完了中央新闻开始插播社会版，宁辜闭着眼睛听了一会儿。一个女记者说：“近日，自X市流窜至C市的连环杀人犯陈司已经落网……”

宁辜猛地睁开眼睛，原本无波无澜的面容开始崩溃，下一秒，她拔掉针头跑了出去。

林安奚是在医院后院找到她的，穿着病号服，本来就瘦得硌人，三天没吃东西这下更瘦。她背对他站着，背挺得很直，抬头固执地看着天上那一轮不怎么温暖的太阳，背影像是撒了一把钢针，扎得林安奚生疼。林安奚走过去把她孱弱的身子抱进怀里，她轻颤了下，又立刻放松下来，却还是固执地看着太阳。

她轻声说：“听说，人间最不能直视的两样东西，一个是太阳，一个是人心。”

她声音轻得几乎听不见，林安奚的心却像被人用刀子掏空，然后呼啦啦往里头灌风，又冷又疼。

随后她又说：“人这种生物，真是复杂。”

她不懂啊，就像陈司这些年杀了那么多人，躲了那么多年，却偏偏在这时候选择伏法。明明说了对不起，可还是想看到她痛苦。

宁辜在外面待太久，又穿得少，即使被林安奚裹在怀里，依然浑身发冷。林安奚便抱起她，一路回了病房。

那个护士还在，她像是来实习的，显然被宁辜这突然的举动吓得不轻，有点无辜地看着进来的这两人。

林安奚将宁辜放到床上盖好被子，温和安抚了护士小姐几句，又让护士小姐重新给宁辜插上针头。

宁辜两眼无神地看着虚空中的某个点，忽然轻轻说："林安奚，可不可以……抱着我？"

护士小姐很识相，收拾医用品的速度都快了，转身溜之大吉。

林安奚坐在她身边，将她一只手握进手心，抬手帮她整理了一下碎发，声音温柔低缓，还带着春日太阳毛茸茸的暖意，说："好，我抱着宁宁。"

一张单人病床硬生生挤下两个人，因为挨得紧，倒也不显得狭窄。宁辜只有闻到林安奚身上那股毛茸茸如同阳光一样的味道，才会勉强觉得自己还在人间，还在林安奚身边。

只是夜晚梦魇依旧，她想留住那些东西，可是做不到，于是她哭了，像是要不到糖的小孩子一样。

林安奚一次一次帮她擦掉眼泪，最后干脆吻上去，舌尖尝到苦涩的泪水，苦得让他发颤。

林安奚叹了口气，眼睫遮住眼底的情绪，深暗一片。

宁辜想，她大概永远无法接受爸爸妈妈离开这个事情了。过去的过不去，未来的来不了，一切都那么坏。

宁辜赤着脚蜷缩在客厅的地板上，手边还流着血。季衍青给她打了好几个电话，第五个不屈不挠地响起时，她才伸手按了接听。

电话那头传来季衍青的声音。他的声音似乎极为疲惫，只轻声问："宁辜，你有时间吗，我想见你一面。"

春寒料峭之际，并不是万物复苏时。早春的颓败一览无余，宁辜只穿了一件单薄的毛衣，衬得她消瘦的身体更加单薄。季衍青这些天状态似乎也不好，眼底乌青很重，比上次见面时憔悴很多，但他在看到宁辜的状态之后还是下意识脱下了自己的外套想给她披上，却被她躲开了，她摇着头表示了感谢。

她好像一点生气都没有了，没有害怕没有恐惧，没有紧张没有担忧，只有麻木。

她问季衍青："找我，有什么事吗？"

季衍青抿抿唇，他想说陈司在监狱里状态不好，他想问问她，可不可以去看看陈司。可是，她因陈司被困心魔多久了，这样的话他怎么说出口。

他苦笑，最后只是摇摇头，把提前准备好的药都给她："你抑郁症好像更严重了，提前给你开了药，你拿着。"

宁辜愣了下，接过，道谢，转身欲离开，季衍青却又叫住她，她回身看着他。

他说："宁辜，陈司已经被抓住了，还不愿意走出来吗？"

宁辜身体僵住，她惨淡地笑了下，身形扶风孱弱，站在灰蒙蒙的天气里，好像一碰就倒。

"我走不出来了。"

季衍青一怔，她便那样走远。他不敢说要送她的话，因为肯定会被拒绝。

他就那样看着她一步一步，走出了他的世界。

季衍青的心一点一点抽痛了起来。

"对不起。"

最后，他还是只能这么说。

回到家时林安奚已经在家了。电视机开着，里面在放电影《带我去远方》，这部电影宁辜只对主题曲有印象。林安奚正坐在沙发上削苹果，宁辜愣了下，忽然就想起自己刚刚自我伤害后好像没有清理干净，于是第一件事就是去卧室。

可是卧室里空无一物，什么也没有，宁辜不知道是自己清理了，还是被林安奚整理掉了。但林安奚完全不像知道这回事的样子，甚至在发现她回来之后还朝她笑了笑，说："回来时刚好看到你出去，猜想你应该是去见朋友，就没打扰。"

他朝他招手："过来，宝贝儿。"

宁辜愣愣地、傻傻地走过去。

林安奚便一把将她扯到腿上坐着，背后立刻贴上温暖的胸膛。

宁辜娇情地发现自己这才又感觉到了心跳的存在，她稍稍平复了一下心情。

林安奚却在她颈侧吐气如兰，轻声呢喃：“好累喔，刚刚录完音回来。”细听之下居然有撒娇的意味。

宁辜心悸了一下，任由他将头埋进自己颈侧。

林安奚将头搁在她肩膀上，眼睛里的情绪便深了起来。她身上，分明还残留了血液的腥甜，那是流了大量鲜血之后才会有的余味。林安奚想到了她伤痕累累的左手，心下一沉。

他拉着宁辜坐到沙发上，将她抱起让她跨坐在自己腿上，头放在她的肩上，是标准闭目养神的姿势。

宁辜知道他是真的累了，犹豫了一下，抬手轻轻搂住了他。

林安奚便开口，嗓音慵懒至极地响在她耳边：“宁宁，知道刚刚我回来看到什么了吗？”

宁辜摇头：“什么……”

“看到有一对老夫妻在雪地里散步，老爷爷跟老奶奶念了尼布尔的一句话。”

他松开她，看着她干净的眼睛：“想知道是哪一句吗？”

宁辜点头，林安奚却笑得意味深长：“想知道的话，宁宁先亲我一个。”

哎？

宁辜眼睛一眨不眨地看着他，呼吸都有些不畅了，她不明白话题的走向为什么是这样，只能喃喃道："林安奚……"

林安奚却靠近她："嗯？"嗓音里含了十足的引诱。

宁辜对他的抵抗力本就为零，更何况是他刻意引诱，认命地闭上眼亲上去。

林安奚占够了便宜，心满意足地玩了一会儿宁辜的头发，才说："每次我刚找到生命的意义，他们就把意义改了。"

宁辜一愣，林安奚捏了捏她的脸："老爷爷跟老奶奶说的，就是这么一句。"

宁辜没理出头绪，林安奚却不再继续说，只忽然将她抱起来放在沙发上，问："宝贝儿，想不想知道，我刚刚一直在想什么？"

宁辜直觉有陷阱，可她还是心甘情愿地跳下去了。

"嗯……"

林安奚短促地笑了下，低头靠近她："我在想，你……"

……

宁辜一向没什么本事，每一次被折腾都会以最快的速度睡过去，林安奚替她擦完身体又重新放进被子。她睡得熟，却还是皱着眉，并不安稳。

林安奚盯着她的睡颜好一会儿，才轻轻握住她的左臂扯出来。果然，映入眼帘的是好几道新拉开的口子，横陈在旧伤疤上，鲜血淋漓，狰狞恐怖。

林安奚盯着早已伤痕累累的手腕看了一会儿，视线又聚焦在新拉开的那些伤口上，那些伤口像是锥心的刀，一刀一刀，全部割在了他的心口。

他的心里忽然有什么东西坍塌了。

他拿出手机，给秦书远和岳楼发了条信息。

去找林安奚时，岳楼比秦书远早来一点，还特意在楼下等了一会儿，可见到秦书远停好车走下来时非要嘴欠地说一句："哟，我们老秦也过来蹭饭啊？"

秦书远看他一眼，发现自己无法和他对话，岳楼脑回路太过清奇，而他只是个凡人，无法和他进行灵魂交流，遂放弃，率先走向电梯。

那厢岳楼被无视了极度不爽，追上去就钩住秦书远脖子，大声嚷嚷："怎么的秦书远，是不是对哥哥我有意见！现在我跟你说话你都不理了！我还是不是你的小宝贝儿你还是不是我大兄弟了！"

秦书远："是过吗？谁给你的错觉？你是不是心里没数？"

岳楼："……"

两人这样一路打打闹闹来到林安奚家，宁辜来开的门，见到他们两个，打了声招呼。

宁辜把岳楼和秦书远领进来，只听见厨房里传来一声："宁宁，过来。"

宁辜应了一声，同岳楼和秦书远弯了弯腰，转身去了厨房。

岳楼还以为什么事呢，结果就是林安奚一会儿见不到宁辜都不行，非要在眼皮子底下才放心，就差绑在自己身上了，看两人之间那无意中流露出来的腻歪劲儿，直说辣眼睛要瞎了。

他走过去抄着手看即使在厨房依然优雅闲适的林安奚，没忍住就脱口而出："想不到啊想不到啊，林安奚，你当初说你要等一个人的时候我们还以为你开玩笑呢，没想到你认真起来还真有点吓人。哎，不过你这不是也还没等到吗？干吗认真成这样？难道你变心了？还是……"

他像发现了什么了不得的秘密一样瞪大了双眼："你不是吧林安奚，你别不是看宁宁和人家长得像就把人家当替身吧？你练手呢！你这可不地道啊！"

宁辜一愣，手里拿着的一个杯子就那么跌在了地板上，清脆的一声响。

随后而来的秦书远立马给了岳楼一手肘："胡说八道些什么呢，能不能说点人话！"

岳楼也像是被那声杯子摔碎的声音给吓醒了，反应过来宁辜还在，赶紧道歉："那个，小宁啊，我不是那意思，你别乱想啊，我这人就是嘴欠，开玩笑呢！你也知道我们几个在一起就是爱开玩笑嘛……那个，真不是那意思！就，老林是什么人啊，过去那都是过往云烟，就算你们长得再像他也不可能把你当替身的……"

秦书远一把捂住他的嘴往后拖："你还是闭嘴吧，不闭嘴一会儿饭都没得吃了。"

宁辜脸色一下子白了，勉强对他们笑了一下，拿了扫把去扫玻璃杯残渣，可扫了半天也没能扫干净。曾经她逃避的问题，突然被摆到了明面上，光天化日之下接受鞭笞。

她下意识看向林安奚，林安奚却只是专心炒菜，一言不发。

岳楼是来拿底片的，秦书远是来找林安奚有点事的，吃完饭之后各自搞完了自己的事情，也都一个个说了再见。岳楼还惦记着自己刚刚说了些混话，想着要给宁辜道歉，被秦书远一把拖走。

"闭嘴，傻缺。"

岳楼："……"

他好委屈！

雪天难行，一时间也打不到车，林安奚只好送两个挚友回去。宁辜站在阳台前看着三个人一路打打闹闹推推搡搡地走去停车场，她又想起岳楼的那番话：林安奚你不会把人小姑娘当替身吧？

替身……吗？

宁辜觉得自己有些发抖，回过神来才发现自己在外面站得太久了，冷风吹得她连心底都是寒的。

她不知道自己究竟发了多久的呆，眼睛盯着茶几上的几个水果不说话，眼神空荡荡的一片，没有往日神采。一直到林安奚打开门进来，她还保持着那个姿势。

林安奚站在她身后看了一会儿才坐到她身边，见她盯着那几个苹果发呆，便抬手帮她削了一个。

宁辜终于后知后觉地回神了，她眨了眨眼，发现眼睛有些发涩，干干的，好像马上就会落下泪来。她看着林安奚精致的侧脸，还有他不断的动作，修长的手，轻轻地叫了他一声：“林安奚……”

林安奚抬眼，眼神温柔，与往常别无二致：“嗯？”

宁辜心有些空，像是鼓足了勇气一样，微微张了张口，才继续道：“岳楼说的，是真的吗？”

他说，你只是把我当替身而已，是真的吗？

林安奚闻言动作顿住，淡淡朝她看过来。

宁辜和他对视。

他的眼睛里一向都是这样，颜色很深，深到她怎么都看不透他到底在想些什么。所以，你望着我，真的就只是通过我，看向别人吗？

等待的时间很漫长，每一秒宁辜都像是在把无数根针吸进肺腑，五脏六腑全都是空落落的疼痛。可她还是看着他，偏执一样。

她从来不敢细想，假如……真的就只是替身的话，假如，林安奚从来无意的话，她该如何自处，她该怎么办呢？

她已经，沉溺了啊。

可她还是鼓足勇气，亲手将这快碎的梦放在了刀尖。她在等他宣判。她想，很有可能是死刑。

良久，林安奚放下了那颗被他削到一半的苹果，苹果的有一部分已经渐渐成了锈色。

他放下刀，说：“不是，你不是替身，宁宁。”你是独一无二的。

宁辜心口一松，所有堵在心脏上的郁结一并散开，她还没敢眨眼，林安奚却又笑了笑，他望向宁辜背后的天空，目光里似乎含了某种悠久的情绪。

“但是，宁宁，我必须和你坦诚一件事情。”

他重新对上她湿漉漉的视线，眼底深不可测，连笑意都没有了。

宁辜张了张口，没能问出那句什么。

林安奚说：“我其实，的确不爱你。”

“嘭——”

心口上，她清晰地感觉到，有什么东西碎掉了。碎成齑粉，随风而散。宁辜眼睛一眨不眨，眼泪毫无预兆地一颗一颗掉下来。

不是替身，可是又的确不爱她，是什么意思……

眼泪却越来越多，渐渐模糊了和她对视着的那个人。

宁辜想动一下，可她悲哀地发现自己根本无力动弹。五脏六腑全部搅在一起疼痛，痛得让她想吐。

她根本没办法说话。

林安奚皱着眉看她脸上爬满越来越多的泪，终是忍不住，抬手替她一一拭去。

他好像叹了口气：“抱歉宁宁，我不知道岳楼会说出那些话，我本来打算，你不问的话，我就不说了。我无意让你知道这些事情，也无意伤害你。如果，你暂时还无法接受的话，我可以先离开，我们先分开一段时间吧。”

言罢，他打算站起来，手指却被宁辜一把攥住，宁辜已经渐渐哭出声，可她还是什么话都说不出来，只能用越来越多的泪水打湿林安奚的手。

她好想开口，好想开口问问他，如果不爱，若果真无意的话，那这些天来发生的所有事，都算什么。

可她张不开口，脑子里一片空白，心脏已经疼得开始麻木，更说不出，挽留。

她离不开他的，她没办法承受，她不想松手，林安奚林安奚……你可不可以不要走？

可是，林安奚说了，他不爱她。

不爱她，为什么又要出现在她的身边，让她离不开他之后，告诉她，抱歉，我不爱你。

她把自己的下唇都咬破，最后还是松了手。她默默抬手捂住眼睛，在林安奚走出门的时候，哭出了声。

天重新暗了下来。

宁辜就这么浑浑噩噩过了小半个月，拉上窗帘每天瑟缩在墙角，不说话，不睡觉，不吃东西，只发呆，或者，默默流泪。

不久之后，开学了。

宁辜状态极差，但她还是坚持去上课。专业课她是没得挑的，这次接的小工程在学院获了奖，由于上学期期末成绩优异，还拿到了一笔不菲的奖学金。

周三下午只有一节选修课，日语上个学期学分就修满了，这学期她便选了日本文艺发展史。

从前因为林安奚在日本待了许久的缘故，她便对日本这个国度格外好奇，如今她悲哀地发现，即使林安奚不在了，她也依然没办法摒弃爱他所爱的爱好。

她闭上眼，心脏依然很疼，像刻了无数刀痕，每一道口子，都叫林安奚。

她前桌是个头发很长的女孩子，一头海藻似的秀发让背影看起来很是娴静温柔。宁辜盯着她的背影开始发呆，莫名其妙地，开始想岳楼的那些话。

——你说你要等一个人的时候我们都还不信，没想到你认真起来还真是有点可怕。

——真不知道是何方女子竟有如此福气，让林安奚专门为了她学厨艺。

是啊，她也在想，究竟是什么样的女孩子呢？林安奚心里的那个人，究竟是怎样的一个人呢？

她发了半堂课的呆，第一节下课时坐在她前座的女孩子头发应该是被桌子的木屑挂住了，回头拨弄头发，却在看到宁辜的时候不大不小地惊呼了一下。

“呀，是你呀宁辜，你也选了这门课？好巧啊，我刚刚都没看到你。”

宁辜回神，发现是之前撞破她和林安奚关系的那名同学。

女孩子叫肖若棠，人如其名，十分有气质，就是稍稍有些八卦，见到宁辜之后一直追问她和林安奚的事，末了还要喟叹一句：“你男朋友真的好有气质啊，看着你的眼神也是很宠了，就跟看自家小孩儿似的，真真是含在嘴里怕化了，捧在手里怕飞了。”

女孩子多多少少都有些八卦之魂，宁辜知道她并没有恶意，可是乍然听到她提起林安奚，有些没能缓过神，呼吸都有些不畅。

肖若棠没发现她越来越惨白的脸色，兀自感叹：“当时他是来接你吧，哇，真的好宠了！我想想他当时那个气势就觉得超级酷了，他今天还会来接你吗？”

当初有多甜蜜，现在就有多让人无力接受。

宁辜实在无法再听她说下去，说了句抱歉打算去趟洗手间，谁知道刚站起来就一阵头晕目眩，眼前的人都被分成好几个，她撑着动了下腿，突然整个身体一软，跌在了地板上。

……

章轩和兄弟从食堂出来，正打算分道扬镳之时他兄弟随口问了一嘴："上次你跟我去看房子那次啊，那女孩子怎么个情况，我看你对人家态度好像有点不一般啊。"

章轩没想到他会忽然提这事，打了个哈哈："也没什么，就是我想追人家来着，但人家好像心有所属了，没搭理我。"

他兄弟歪着脑袋想了一会儿："不能吧，她就是我们系的啊，成绩还特好，挺有名气的，也没听说她跟谁在一起了啊，人好像挺高冷孤僻的，不怎么爱讲话。"

章轩"嗯"了一声："上次你看到的，跟她一起来看房子那男生，我瞧了下，估计就是她男朋友……算了，她幸福就好了，其实也不关我的事。"

他兄弟也赞成："拿得起放得下，是条汉子。哎，不过我最近这两天看到她，感觉她状态都有点不是特别好啊，人比上个学期瘦了一大圈不说，整个人脸色也很不好，别不是一个寒假过去她分手了吧？现在分分合合太正常了，就是看着她好像有点不大对。怎么，你不去关怀关怀？"

章轩懂了，他说呢，这哥们儿怎么忽然就提到这茬了，原来在这等着他呢。他笑了两声，刚准备笑骂他两句来着，忽然见前面选修课教室奔出来两个人，一男一女，男的身上还背了个人，神色匆匆，旁边那女孩子更急了，跟在后面都快哭了。

他一皱眉，忽然觉得那男生背上那女生有点眼熟，再定睛一看，那不是宁辜是谁。

他也没闲情逸致搭理他兄弟了，赶紧跑过去："宁辜同学这是怎么了？发生什么事了？"

肖若棠见章轩认识宁辜，愣了一下："你认识宁辜吗？"

章轩说是，肖若棠直接说："不知道怎么了，刚刚还好好说话呢，忽然就晕倒了，正准备往医务室送呢。"

章轩把宁辜从那个男生背上接过来，抱着她往医务室跑，边跑还边对那男生说："谢谢你，我送她去医务室吧，你先回去上课。"

肖若棠刚开始还没觉得有什么，但到最后回过味儿来，越想越觉得不对劲儿，这章轩和宁辜是什么关系？

宁辜的情况，医生说是长期营养不良导致的晕倒，好好休息就没事了，给她吊了瓶葡萄糖就出去了。

闲着也是闲着，肖若棠便把之前的疑惑问了出来："同学，可以请问下你和宁辜是什么关系吗？"

章轩本来在专心致志看着宁辜，闻言转过头对着她一笑，轻声道："我在追她。"

宁辜梦见了深蓝色的海。

大片大片忧郁的蓝色，将她紧紧包裹住，严丝合缝。她蜷缩在没有光的海水里，抱着腿，像是躺在了妈妈的怀里。明明海水冰冷，可她却觉得温暖、温柔。

她在梦里想起林安奚，想到他们的初见，其实并不是几个月前的那次偶遇里，是她高中毕业的那个暑假，她悄悄去到日本的那次，她没赶上他唯一一次线下活动，于是给他写信送到公司，在出公司大门时回头一望，恰好看见他戴了个黑色的口罩从电梯里出来。那个时候的他，头发要更长一点，气质更张扬一些，但还是那双桃花眼，她只看了那么一眼便硬生生顿在原地，无法动弹。

他心情好像不是特别好，浑身气压很低，垂着眼睑仿佛带了一身的戾气，他就那么从她面前走出去，径自开了车离去，而她，从头到尾都没有勇气叫住他，甚至连那么看着，都是小心翼翼、鼓足了勇气的。

现在也是。

她听着他的脚步声渐远，却一丝一毫都不敢留下他。

她想，到底是哪里出了差错呢？明明是那么亲密的人，怎么说不要她就不要她了呢？

醒过来时看到章轩她有片刻的愣怔，半天没反应过来到底发生了什么。

倒是章轩十分自来熟，看她醒了立刻朝她打了个招呼：“醒了？”又凑近她像个小太阳似的关心她，“感觉怎么样？有没有哪里不舒服？想喝水吗？”

宁辜缓过神来，才觉得有些不自在，她终究是不大能面对别人的好意，只能道了谢，再没说其他，转而看时间，发现一堂课都已经被她睡过去。

她拔了针头，跟章轩和肖若棠打了声招呼就往外走：“我……我下午没课了，先走了……今天谢谢你们，非常谢谢你们。”

肖若棠还愣在那里呢，章轩却立刻跟出去：“宁辜同学，医生说你是营养不良才致昏倒的，你还是回去挂完水再走吧。”

宁辜边走边摇头：“不，不用了，谢谢你。”

章轩也不想勉强她，只好改口：“那不然我送你回家好了，或者你要去哪儿？我送你吧，你刚刚才晕倒过，我不太放心。”

医务室离学校西门近，说话间就已经走到西门门口，章轩还想再说些什么说服她，却看着面前的人忽然站住了脚步，他也顿住脚步，跟着她的视线看过去，瞧见门口停了辆黑色跑车。两个男生站在车门口笑盈盈地对着宁辜打招呼，其中一个笑得痞里痞气的，站在后面那个则沉稳一些。

章轩记忆力很好，几乎过目不忘，他一眼认出这是那天跟着能让宁辜眼底发亮的男生一起来的人。

岳楼见宁辜站在原地看着自己和秦书远没动，耐不住性子对着她挥了挥手，自己跑上前：“哎哟喂，祖宗，你终于出来了，我们不知道你课表不知道你在哪个教室上课，打你电话又关机，可在这儿等死我们了，还怕你去你们学校北门了呢，幸好秦书远说西门这块儿容易坐车，你要出来铁定走西门。走吧，跟我们走吧。”

宁辜嗓子发涩，轻声问：“去……去哪儿……”

岳楼我行我素，拉着她完全没管后面的章轩，直接扯着她到自己车旁边，炫耀道：“我过几个月生日，我爸送了我一辆跑车，正好带着你们去兜兜风。”

宁辜嗓子干得要发痛了，她平复了好几次呼吸，还是没能让跳得快要停掉的心脏平静下来。她想问，你们来了，那林安奚呢……

秦书远却率先开口，看着她带上了些许柔和，问：“小宁，你和林安奚，吵架了？”

……

三人在一个雅座落座，一直到坐下来时岳楼都还在絮絮叨叨个没完，仗着林安奚不在，放肆地数落他。

“就林安奚那个破性格，谁受得了他啊，也就我和老秦还能跟他厮混这么多年了。小宁脾气那么好一个人呢，看吧，都被他逼得没辙了吧，真是的，小宁，你别急啊，这肯定是林安奚的错，回头我们就帮你教训他去！”

虽然被教训的指不定是谁呢，但岳楼觉得自己这份心还是很不错的。

然而宁辜却不为所动，听完他的话之后毫无波澜，只埋着头不发一眼。岳楼和秦书远对视一眼，双双沉默下来。

这时，宁辜轻轻开口问了一句：“我想请问一下，林安奚他在日本喜欢的那个女孩子，是什么样子的人啊……”

岳楼和秦书远面面相觑。岳楼心想这得是个多实诚的小可爱啊，都这时候了还喜欢林安奚喜欢得要死要活呢，要换了别人指不定怎么叫人来殴打林安奚了呢。也就这么个小可爱，被林安奚虐了还一心一意。他在心里叹气，觉得林安奚就是缺少一顿黑社会的毒打，真是没见过棺材不知道什么叫作掉泪！

他认命地回答宁辜：“其实我们知道得不多，只知道是个还蛮好的女孩子吧，林安奚很喜欢她，那会儿学厨艺也是为了日后照顾她，因为她再度站起来也是……你知道的吧，林安奚有一阵状态不好，就是因为她才又重新振作起来。这事少有人知道，也就我和秦书远还知道个一二，说不清了，反正就是林安奚很喜欢她，算是单相思吧，他们应该也没见过面，我们也就见过一张她的照片，林安奚是因为他站起来的，所以多留心了一番，林安奚回来也是为了找到她，刚开始我们都以为那个姑娘就是你，也是后来才知道不是，还说漏嘴了……不好意思啊小宁。”

很喜欢她，为了找她才回来……

因为自己和她长得很像所以才对自己另眼相待吗？

所以第一次见面就是……把自己当成替身吗？

宁辜心中大恸，眼眶立马酸疼了起来，她立刻低了头，轻轻“哦”了一声。

“那林安奚，是怎么认识她的啊……”

那该是一个多么好的女孩子才会让林安奚记了那么多年啊。

岳楼又和秦书远交换了个眼神，像是有些不忍心继续看她，别开了眼才继续道："这个，我们是真不太清楚，只听安奚三言两语提到过，好像是因为一张照片，那个女孩子是他的粉丝，在他最艰难的时候给他写了一封信，夹带了一张照片，好像就是那张照片，给了他力量吧。"

原来，也是他的粉丝啊。原来，真的，自己只是替身啊。

难怪……难怪初见时，林安奚听闻她是他粉丝时那么震惊。

岳楼话音刚落，就看到宁辜的手背上骤然砸下一颗透明的液体。

岳楼一愣，他开始慌了。

"那个，小宁，你……你别哭啊！其实安奚他还是……"

还是什么？

这么缺德的事都干了，还能是什么呢？岳楼忽然发现自己说不出话来，只能张着口，求助似的看向秦书远。

秦书远递给他一个别慌的眼神，转而看向宁辜，沉吟片刻，开口："小宁，你是不是，很喜欢安奚？"

你是不是，很喜欢林安奚？

喜欢他吗？

当然，特别喜欢，很喜欢很喜欢。喜欢到，连想到他，都觉得幸福。

他曾经，无数次给予她勇气，在无数个因为噩梦而惊醒的梦里，只要听到他的声音，便能轻而易举被安抚。

他是她的光。

……

宁辜回到家，家里空荡荡的，没有生命气息，好像没有了林安奚，什么都失去了意义。

她跌坐在沙发里，发了会儿呆，然后举起左手，衣袖掉下来，手腕上满是恐怖狰狞的伤疤。新伤旧伤，全部堆砌在一起。这只手根本已经无法看了，太可怕。

宁辜想也是，像她这样的人，根本就不配得到林安奚。她那样的过去，若是让林安奚知道，林安奚，会怎么想她？

房间里没开空调，很冷，可她就那么躺在沙发上，睡了过去。

她不敢去卧室，那里有太多林安奚的气息了。即使在最情动时都不会失控的林安奚的眼睛，他在自己耳边低喘时的灼热呼吸，太多了，她不敢去，怕一进去就是凌迟。

她就这样躺着，只是小憩了一会儿，却还是梦到了林安奚。

是他那天离开时的背影。这次的梦里宁辜没有背对着他，她流着泪，看着他，看着他一点一点，走出自己的视线。她从梦里挣扎着醒来，天已经黑了，她痛到无法承受，满脸都是泪水。她掏出手机，颤抖着手点了好几遍才点到林安奚的号码。

耳边一直是沉闷的金属音，每一声嘟都让宁辜一颗心跳到了嗓子眼，可是当漫长的金属音响完之后，林安奚那道熟悉的声音并没有出现。

“对不起，您拨打的电话暂时无人接听请稍候再拨……”

宁辜的手机砸到了地上，她在空气里静默了一会儿，忽然把头埋进了臂弯里，号啕大哭起来。

她好像，真的再没有林安奚了。

Chapter 08
放下世界，放不下你

第二天宁辜请了假，去找班导拿请假条的时候，班导看她走路都略显虚浮的样子有些担心，低声询问了几句她最近怎么了。

宁辜只是摇摇头，没回答。

她去了心理康复中心，季衍青应该是刚刚送走一位患者，正坐在接待室的沙发上闭目养神，察觉到有人走进来他睁开眼，逆着光，看到她的那一瞬间，愣了一下。

“状态怎么差成这样了？”

面前的人明显瘦了一大圈，脸上颧骨高高凸起，脸色惨白如纸，眼角全是乌青，嘴唇上也毫无血色，整个人憔悴又狼狈。比上次见面时状态还要差。

季衍青皱着眉站起来，扯着她的袖子在沙发上坐好。

“上次来不还好好的吗？你又在吃药，按道理说应该往好的方向发展才对，怎么搞成这样？”

宁辜坐在沙发上失神了片刻，最后摇摇头，没回答这个问题：“我来拿药。”

季衍青皱眉：“上次不是给你开了足量的药吗？已经没有了？”他顿了一下，问，“你加了药量？”

宁辜不说话，垂着头，指关节泛白。

季衍青的眉头越皱越紧，他靠在电脑桌上看着低着头几乎瘦脱相的人，想了想还是说道：“你状态越来越差了，不排除是药物不起作用的原因，你最近是不是又经常做噩梦了？我建议你最好住院，你的症状最好采取催眠措施。”

宁辜却坚持摇头：“不用了，我只是没睡好，药很有效果……”

季衍青还想再劝，宁辜却站了起来，眼睛里没什么神采地看着他，眼神如将死之人一般，黑得无法透进去一丝光。

季衍青不得已还是给宁辜开了药。他总是拗不过她。前次来的时候虽然状态也不算好，但眼睛里的流光溢彩他到现在都还记得，才不过一个月不到的时间，她就突然变成了死寂的湖水一般。这状态除了她第一次来这里时他见过一次，往后都还算正常，纵使猜不到她身上具体发生了什么，但总归是又失去了什么吧。

他叹了口气。

她本来拥有的就所剩无几，可他只是旁观者，连伸手扶她一把都做不到。

季衍青想到了那个男生，想到那个能让宁辜心甘情愿闭上眼的男生，唯有苦笑。

宁辜拿了药便要离开，季衍青却拉住她的手腕。

宁辜顿住脚步，抬头看着他，眼睛里是死寂，没有疑惑没有惊愕没有任何因他这唐突之举而起的波澜情绪，季衍青心里顿时像是被千刀万剐般疼痛。

他想说，就算失去了他，也还有我，我一直都想照顾你。因为对不起你，所以眼睁睁看着你投入了别人的怀抱，那既然现在那个怀抱主动放开了你，那么，给我一个机会，让我来照顾你。

但最后，他却只是松开了她的手，看着她，很认真地说："如果……有什么需要我帮忙的话，联系我，我一定在所不辞。"

最终，他还是没有勇气，只能在心里默念一遍又一遍对不起。

宁辜竟然对着他笑了笑，只是笑容实在难看。

她说："谢谢。"

一个笑一句谢谢，便已经让季衍青感恩。

宁辜出门时经过医院大门又想起，上一次她来这里，因为淋了雨，让林安奚生气了。林安奚啊，那么温柔的人，却因为她淋了雨而生气了。

宁辜抬手捂了下脸，连自嘲的笑容都扯不出来。

林安奚林安奚，让她无力承受的林安奚。

如果无力承受的话，不如，就放弃。

……

与此同时，偷得浮生半日闲的林安奚坐在工作室里，头痛欲裂。秦书远给他发了一条信息，他点开一看，上面写着：我觉得你该回去了，她……买了一把新的水果刀。

林安奚的眸子敛了一下，起身走了出去。

宁辜什么都没想，从季衍青那儿出来后去了趟超市，然后回家锁了门拉上窗帘。

房间立马黑下来。她在黑暗里站了片刻，低着头，看不清表情。

她转身进了浴室，哗啦啦的水声盖过窗外一切生机。

对她来说，放弃从来都很简单。

那把水果刀是新买的，拉开皮肤应该是轻而易举的事情。她这样想着，就闭上了眼睛。

她给林安奚留了封信，虽然他想要的从来不是自己，可自己的心意，她还是想要让他知道。想要他，哪怕铭记一点点。コレが、

最後の手紙だ。(这是我的最后一封信) 後で出しに行くよ。(待会儿我就会把信寄出去) 她在心里默念那首歌的歌词，然后，笑了笑。如同，从来只有幸福。

可还没来得及在伤痕累累的左手上拉出一道新鲜深重的口子，浴室的门就忽然被打开。

熟悉的声音响起，令她头皮发麻：“就这么点儿出息？”

宁辜一愣，手里的刀“哐当”一声砸在了地上。

林安奚倚在浴室门口，抄手看着她，面无表情。

“林……林安奚……”她声音都是抖的。

林安奚却走近她，低头看了看掉在地上的刀，视线从她挽起袖子的左手瞧过去，落到她几乎发颤的身体上，然后停在她憔悴的脸上。

头发被淋湿了大半，颧骨高高凸起，因为太过瘦削，所以显得眼睛格外大。两瓣薄唇毫无血色，整个人漫着一股死气。

林安奚在她惊愕惶然的注视下抬手捏了她的下巴，淡淡道：“这就坚持不下去了？”

林安奚如以往一样抱着她进了卧室放在软榻之上，又细心帮她吹干了头发，动作轻柔温和，如同他们两个从未分开一样。

宁辜不敢说话，只敢悄悄地看着他。

他放下吹风机，注意力却落到她伤口肆虐的左手腕上。宁辜注意到他的视线，将左手往背后藏了藏，却被林安奚一把拉住。

林安奚的眼神晦暗不清，他看着那些丑陋斑驳的伤口，开口嗓子是哑的："疼吗？"

宁辜垂着头，挣扎了一下，未果，便摇摇头。

林安奚走到她的面前半蹲下，才发觉她眼睛里已噙满泪水。他强迫她和自己对视，那些眼泪便不受控制地掉下来。

林安奚说："我问的，是你的心。你父母离开你的痛，和我不爱你的痛，哪一个更让你无法接受？"

宁辜一愣，抬眼看他。林安奚的眼犹如子夜，深不可测，可宁辜发现这双眸子里，已然带上了些许疲色。

她想问，林安奚，你这是什么意思呢？

可是林安奚却站起身一点一点帮她脱掉被打湿的衬衣，用宽大的浴袍将她包裹起来。手指挨上她的眼睛时，他的嗓音暗哑，又响在耳边："宁宁，记住这些天以来的痛，永远不要忘记。"

也最好，永远不要再记起。

这之前你的过去。

他吻上去，从她的额头开始，到眼睛，到鼻子，到嘴唇。这个吻快要加深之时，她哽咽的声音，轻轻响起。

"林安奚……你是什么意思呢？"

她不想梦醒，可醒过一次的梦，如何再自欺欺人。

她越看着他，越失态，索性偏过头去。

林安奚看着她近乎凌厉的下巴，闭上眼，靠近她的耳边，轻声说："宁辜，年十九，生于光影覆盖的夏至，成绩优异，父亲是公安大学毕业的人民警察，母亲是从小笔墨熏陶长大的大学教授，前十八年来一直是天之骄子，父慈母爱，生活富足无忧。十八岁生日那天，生活陡生巨变。"

这是秦书远曾经给林安奚的那份资料。

宁辜猛地瞪大双眼，转过头看向林安奚，两人距离太近，她一转头，嘴唇便贴上他的。可她此刻心里没有任何旖旎心思，只惨白了一张脸，颤着嘴唇满眼惊恐，害怕恐惧的心思寸寸缠上心脏，直让她觉得窒息。

林安奚却恍若未觉，兀自道："十八岁生日那天，其父被越狱的连环杀人犯陈司生擒，用以威胁母女两个自投罗网，后陈司发狂，于其眼前杀害其父母。

"宁辜，曾亲眼看着自己的父母死去，是前年轰动一时的警察被害一案的受害人之一。"

他声音低沉，刻意压下去的声音犹如大提琴低缓动听，曾是宁辜最爱的声音，曾无数次解救她于梦魇中。可现在，他字字铿锵，无异于地狱修罗。

自他念完第一句后她便一把推开，整个人害怕地往床角瑟缩，却又被林安奚扯进怀里。双手被缚住，压过头顶，林安奚欺身而来，死死抵住她的腿。

他念一句，她便奋力挣扎一次，他的压制便又狠上一分。

一句一句，等到林安奚说完，宁辜早已双眼赤红，泪流满面。

林安奚看着她，深邃目光深沉难解，她的泪像是燎原的星火，一点一点将他的理智都烧尽。

“宝贝儿，别哭，你哭得我心疼。”

宝贝，别哭。

如同爸爸当年那句，连爱意都如出一辙。

她忽然流泪流得更厉害了，双手还在下意识挣扎，哭不出声来，只有眼泪不止，打湿了枕头。最后林安奚松了劲，她便抱着自己的腿一点一点缩成一团，泣不成：“你说你不爱我……你说过的，你说过的……”

林安奚心脏那阵钝痛终于密密麻麻散开，他打开她蜷缩的身体，一点一点抱进怀里，一寸一寸收紧，紧到两人之间再无空隙，他便再度亲上去，从额头蔓延到嘴唇，乃至脖颈。

良久，他轻声开口：“宁宁，我林安奚，从头到尾只爱一人，只此一人。见了她，他便很欢喜很欢喜，眼里心里，都再容不下别人。”

他握住她的手与她十指相扣，慢慢拉到自己胸口让她感受自己的心跳。那里，几乎是为她而跳动的心。

“宁宁，我爱你。”

只爱你。

爱惨了你。

宁辜终于哭出声来，她抱住林安奚放声大哭，胡乱亲吻他的嘴唇，一遍一遍。

“林安奚，你别离开我。”

别不要我。

我什么都可以答应你。

什么都可以。

宁辜哭得太狠，抱着林安奚不撒手，最后却还是睡过去。林安奚抱着她亲了一遍又一遍，方才轻轻将她一直缠在自己脖子上的手臂放进被子里。

他站在床头看了她一会儿，她睡得很不安稳，眉头皱在一起，不知梦里梦了何种光景，才让她不断流泪。

林安奚叹了口气，在她额头上亲吻了一记，转身出门。

电话接通，那头传来秦书远熟稔的声音。林安奚沉默了片刻：“谢了，书远。”

秦书远算半个黑客，基本上没事就黑进宁辜他们小区的监控录像看看情况，今天也是他从超市摄像头里看到她拿了把水果刀，林安奚才能赶过来。况且，这些日子，秦书远一直有在默默帮他注意宁辜。

“小宁还好吧？”

“嗯，刚刚睡着了。”

秦书远也感慨：“我一直知道你心狠，但没想到你对自己喜欢的人也能做到这种地步。安奚，我不信你不心疼，明明知道她喜欢你喜欢得快要不行了，还能狠下心对她说出那些话，还能用这一招来威胁她。”

林安奚拉开窗帘，窗外灯火通明，雪已经全部化净，只剩干涸大地。他看着子夜悠长，目光幽幽：“我一直如此心狠，如果你见到她睡在你身边却夜夜不得安稳，每夜陷在那段痛苦的回忆里出不来，醒来却自欺欺人假装什么都没发生，如果你见过这样万劫不复的她。书远，你也会逼自己心狠的。”

他像是笑了一下：“都是要痛的，那么长痛不如短痛。而且，除此之外，我也想要知道，自己在她心里到底几斤几两。”

宁辜最终也没能睡到自然醒，半夜莫名其妙惊醒，回想起林安奚对他说的那些话，像是一个幻觉。醒来时林安奚不在，她先是一怔，随后立马下了床，连鞋子都忘了穿上。

打开门环顾了一下客厅，看到了坐在沙发上看电影的林安奚。她像是松了一口气，放心下来，走到他背后，轻声喊了他一句：“林安奚……”

林安奚转过身看她，本是笑着的，又忽然皱起眉，伸手将她拉过来，拉进自己怀里坐着，语气听着带上些许薄责但细听之下全是宠溺。

“又不穿鞋，衣服还穿这么点儿，宁宁不冷啊。”

宁辜的确不觉得冷，便如实点头：“嗯，不是特别冷……”

林安奚：“……”

他将她的脸转过来，惩罚似的咬了一口她的嘴唇，可这对宁辜来说根本不算惩罚。她到现在都还觉得不真实，怕只是自己希冀太过，怕眼前之人只是幻境。她看着他，抬手一点一点描绘他的脸，从眉毛，到眼睛，再到高挺的鼻梁，然后是嘴唇。

她发觉自己竟从未敢真正瞧过林安奚，那几张照片被她翻来覆去地看，照片本人近在眼前她却从未好好观察过。原来，他的嘴唇比照片上要更薄一点，颜色要更淡一点，也更好看一点。

她闭上眼，抬头轻轻碰了碰他的嘴唇。

是柔软的，温暖的触感。

是真实的。

宁辜睁眼，笑意里含了泪。

“林安奚……你是真的……”

林安奚的心骤然被扯了一下，他搂紧宁辜，一秒钟都没耽误，低头咬上她的唇。

吻毕，他深深看进她的眼底里，轻声道：“乖，我在这儿。”

宁辜望着他良久，终是抬起手臂捂住了眼睛，睡觉之前缠林安奚缠得太紧，以至于她手臂上的伤口林安奚只能草草帮她包扎一下，现在醒了，倒是正好一起处理一下。

她左手手臂上的伤斑驳错乱，覆满整个小臂到手腕的距离。手腕上最密集，新伤旧伤。林安奚消完毒帮她用纱布缠起来的时候一直在皱眉，宁辜福至心灵般地害怕林安奚跟她秋后算账，扭头看向电视机，打算找点话题，免得太过死寂。

电视机在放老电影《魂断蓝桥》，费雯丽满目都是风情，一颦一笑都惊艳了时光。是真的美丽。可惜电影结局太过悲戚，相爱的人最终没能在一起，费雯丽以死证明了自己没能坚守到底的爱情。

悲壮又绝情。

还有摊开放在茶几上的一封信，是宁辜决定放弃时写给林安奚的。

一首歌的歌词，荫山征彦的《彩虹》，信上抄了部分歌词在上面：

コレが、最後の手紙だ（这是我的最后一封信）

後で出しに行くよ（待会儿我就会把信寄出去）

海に拒まれた僕達の愛（这容不下爱情的海洋）

でも、想うだけなら許されるだろう（至少还容得下相思吧）

僕の想いを受け取っておくれ（我的相思你一定要收到）

君は一生僕の心の中に居るよ（我想我会把你放在我心里一辈子）

思慕という低俗の言葉が、（思念这庸俗的字眼）

太陽の下の影のように、（将如阳光下的黑影）

一生（一辈子）

あ、（啊）

虹だ（彩虹）

虹の両端が海を越え、（但愿彩虹的两端足以跨过海洋）

僕と君を、（把我和你）

結び付けてくれますように（连结在一起）

林安奚看了会儿信，最终将她抱得紧紧的，气息落在她耳边，他轻声说：“虹は海につながり、消えることはない（彩虹会连接海洋，永不消失）。”

宁辜一愣，最终点点头，重重地“嗯”了一声。

他们拥抱了一会儿，宁辜终于想起了一个话题，她看着电视屏幕，轻声问：“你是什么时候知道的？”

她问的是她从前的经历。原来她一直想要瞒着的东西，林安奚一直都知道。

林安奚收了医药箱，闻言看了她一眼，她脸上并没有多大反应，似乎这只是一件平平无奇的事。

林安奚说：“遇见你的第二天，书远查到的。”

竟那么早。

可他一点都没告诉自己。

像是知道她在想什么，林安奚又抱住她，将她拉进怀里，仿佛找准时机就想和她肌肤相亲。

“我知道你不想让我知道，所以便替你瞒着，你若是哪一天想通了，总会愿意告诉我。”

他故作轻松地扯唇一笑：“哪知道我们宁宁一直把我当外人，好气哦！”

宁辜茫然了一下，不知他这又是在逗她，立即慌慌张张道：“没有，没有拿你当外人，我只是……”

下意识不想让你知道而已，那么难堪，那么可怕的过去。让你知道干什么呢？

林安奚去堵住她的嘴，品尝美味佳肴一般地舔舐。

“傻了吧唧的。”

哎？

宁辜手足无措地看他。

他笑着，眼里满是欢喜。

“乖，我们宁宁想什么，我都知道，你说出来的，没说出来的，都不打紧，以后有我。”

有我，我在。

林安奚以往也很会说情话，可宁辜心里有一重顾忌，总不敢把这些往心里去，怕沉溺太深，无法抽身。但昨天她听得分明，林安奚说过，他喜欢自己。

宁辜想了一下，忽地又不是那么确定，他的确是说过喜欢自己吧，不是自己臆想出来的吧……

宁辜心跳加速，小心翼翼看着林安奚，开口确认：“林安奚……你昨天说……说的……”

“爱我”两个字始终不好意思说出口，她只能含糊过去，把头埋进他怀里，闷闷道：“是真的吗……”

林安奚当然知她所想，手穿过她的膝弯便将她抱到腿上坐着，拉着她的手往下，一路感受他因她而起的涌动。宁辜手被烫了一下，失措地看向他，才发觉他的眼神都暗了，开口嗓音都变哑。

“宁宁，一个女人若能轻易掌握一个男人的情欲，那么她对他做什么，都是轻而易举。”

他一把将她抱起往卧室走。

“要感受一下吗？林安奚到底爱不爱你，到底有多爱你。”

她患得患失不是一朝一夕，但总归时间还长，林安奚总能将她宠得无法无天，宠得浑身都是专属于他的小脾气。

那是他的姑娘，他全部的爱情。

林安奚身体力行让她感受了一晚上他的满腔爱意，宁辜几次三番承受不住，却又没办法叫停。一晚上的欢愉让她再醒来时浑身酸痛，可在看到房间里无林安奚时下意识就跑出去。

所幸，林安奚在厨房。

好像经历一次分别，她总是害怕他的突然离去。

宁辜洗漱完毕之后又跑到林安奚身边，目光一眨不眨地看着他。

他从冰箱拿东西，她盯着他，他炒菜，她盯着他，他脱下围裙将菜放到餐桌上，她还是看着他。甚至最后林安奚吃饭时她还是一眨不眨盯着他瞧，撑着头像是要把他的模样刻进骨子里。

良久林安奚叹了口气，实在无力承受她的目光，起身揉了揉她的头发，轻声道："宝贝儿，不会再有第二次了，放心。"

宁辜点点头，却还是说："林安奚，你别……别离开我。"

林安奚亲吻她的头发，沉迷于满腔的发香。

"不会的。"

怎么可能呢。

他那么爱你，怎么可能舍得离开你。

宁辜吃完早餐当着林安奚的面不知道从哪里掏出了一盒药，以往这药她都是瞒着林安奚吃的，现在却吃得正大光明。林安奚收拾完从厨房出来看到她大大方方吃药的样子还怔了一下，随即又笑出来，走过去揽住她。

她就那样在他怀里吃完药，然后眨着眼睛剖白道："我曾经深陷过去的沼泽地不肯出去，即使泥泞满身也要固执地沉溺，我的过去，我的伤，还有我的病，我都想要放下了……"

曾经的她没有林安奚，后来有了，她该珍惜。将自己一颗真心，完完全全交付给他，容不得半点相欺。

林安奚抱她在怀，鼻尖满是她发间的清香。

恍惚间，他仿佛又看到了笑容明媚清丽的她，站在阳光底下，看着镜头，每一分笑意，都像是上天恩赐。

林安奚轻叹一声："宝贝儿，我们搬家吧。"

哎？

宁辜跟不上他的思维，只能发愣。他却抱紧她，越发振振有词："我知道这间房子是你爸爸妈妈留给你的，但既然想要放下过去，那不如一切都处理干净。搬家吧，好不好？"

宁辜："……"

她倒是没有太多异议："可……可是，我们要搬去哪里……"

毕竟林安奚的房子给岳楼住了。

林安奚却无所谓地挑了挑眉："再买一套好了，当作婚房也好，反正，以后总是需要。"

宁辜被"婚房"两个字震惊了，心跳越来越快，不知道该说些什么。

林安奚却行动力惊人，当即打了个电话出去。末了，他揉着她的头发道："妈帮我们看好一套房子了，改天有时间我们一起去看看，这里，"他握着她的手，满是温柔笑意，"当作娘家最好。"

他低头和她额头相靠，见她脸颊渐红，眼底渐热。

宁辜下午的课，还是日本文艺发展史。上周老师请假，这周用来补课。林安奚正好下午没事，看出宁辜黏他的心思，便索性同她一起来上课。

他已经许久没进过课堂了，一进来恍如隔世，遥远失真。

肖若棠知道宁辜也要来上课，提前帮她占好了位置。见到林安奚同她一起还愣了一下，随后便是越发热情。

盛情难却，林安奚便牵着宁辜一道坐了过去。

肖若棠健谈，林安奚则有意搭话，两人的聊天便顺其自然水到渠成。

肖若棠问：“冒昧问一句，其实我一直蛮好奇的，你们两个是谁追谁的哇？”

林安奚一笑：“我追的宁宁。”

“哇！”肖若棠惊呼，又淡定下来，“不过也是，宁辜很优秀的，每学期都是我们系‘唯二’拿奖学金的。”

C大室内设计系的奖学金设立刁钻，C大百年老校，历史悠久，可拿了专业系奖学金从而青史留名的同学至今竟只有十五个，可见要拿这个奖学金难度之艰难。

“而且她之前好像画了一个设计图被我们教授拿去参赛了，全国所有大学生的奋力厮杀，硬生生捧了个金杯回来。去年上半年还被评为了省十大优秀青年之一呢！这何止是优秀啊，简直是‘优秀’的代名词啊！要是我是个男的，我身边有个这么优秀的女孩子，早铆足了劲儿追了，不追干吗，留着后悔吗！就现在她身边还有一个追她的呢……”

忽然反应过来说漏嘴，肖若棠赶紧闭嘴挽救：“啊，那个……”

林安奚却兴致勃勃：“呀，原来我情敌真不少啊，幸好今天过来看看，还能宣誓主权，是吧，宁宁？”

宁辜没说话，低着头抿唇抄笔记，可是对着林安奚的那只耳朵，以肉眼可见的速度红了起来。

教日本文艺发展史的教授即之前教日语选修课的教授，几次三番在课堂上找宁辜回答问题，今次提出的刁钻问题又无人回答得出，环顾四周一圈又看到宁辜，乐呵呵地便点了她的名。让她回答问题还不算，知道宁辜日语好口语佳，便让她用日语作答。

说来也是巧，这个问题宁辜刚刚还仔细研究过，还真是歪打正着。宁辜仔细答了，教授听了十分满意，秉持着一贯的作风又要夸一通。

“这位宁同学是室内设计专业的吧，看看，日语学得如此好，想必是真热爱。同学，我们日语系随时欢迎你啊，要是在室内设计系混不下去了，就赶紧跳进我们日语系的怀抱啊！”

底下哄堂大笑，有几个室内设计系的学生眼熟宁辜，糗他：“教授，人家在本专业也是学霸啊，年年拿奖学金的主儿！”

林安奚听过宁辜讲日语，知她口语很好，却不知道她是什么时候学的，为谁而学的。

肖若棠像是知道他一定会疑惑什么一样，跟个百晓生一样，给他答疑解惑：“宁辜日语好吧！这还是个选修课呢，都能学得这么好，可见是优秀本人了。”她一脸骄傲的表情，就差跟林安溪说你眼光真好了，“不过宁辜的日语好是有原因的，她有一个特别喜欢的CV在日本留学呢，我有几次上过她的Twitter，发现她仅有的几条推有一半都跟这个CV有关，她又不追星，但是就唯独喜欢这个CV，大概是个特别好、特别值得她喜欢的人吧。想来日语学得那么好也是因为有什么样的‘爱豆’就有什么样的粉丝吧。看，宁辜同学多正能量啊，追个爱豆都能把自己追成典范，简直业内标杆！”

林安溪不知道作何感想，只觉得心里被只小爪子挠了似的，痒痒的、麻麻的。他看着刚回答完问题坐下的宁辜，趁肖若棠记笔记的空当凑近她，轻声在耳边唤她：“宁宁。”

宁辜被他的气息一蒸，耳朵瞬间红了。她刚刚回答问题，因为想到林安溪就在旁边，拼命深呼吸才没让自己说话打磕巴，她在桌子底下握了握手心，手又被林安溪握进手里。

林安溪又靠近她一点，几乎贴在她的耳朵上说：“好喜欢你。”

宁辜心里绷紧的那根弦瞬间断了，她实在没忍住，就着他贴住自己的姿势，微微偏头，扫了扫他的嘴唇。

她才是好喜欢林安溪。

宁辜下午就一堂课，若非今日教授补课，她本该是没课的。林安溪牵着宁辜走了一路都在商量等下去哪里吃，吃什么，宁辜低着头思考了半天说不如让她回去做饭。

她还从来没做过饭给林安奚吃呢。

林安奚闻言睨她一眼：“宁宁想给我做饭？”

宁辜点头。

林安奚却伸手扯了扯她的脸，笑得眼睛都眯起来，浑身像是被镀了光晕，明媚又温暖。

“我才舍不得呢。

“我们家宝贝儿负责吃就行。”

最后定了去吃粤菜，林安奚听秦书远和岳楼着重给他推荐过某家粤菜馆，倒是一直没得空去吃。

最近宁辜跟林安奚相处倒不怎么拘谨了，只是被调戏狠了依然容易脸红沉默。林安奚一路拉着她，快到西门的时候，忽然被不速之客拦住了去路。

是章轩。

章轩是来给宁辜还东西的，上次她晕倒，把一个笔记本落在医务室了，他捡了去，他兄弟劝他留个念想，他思来想去，还是想还给她。

别人一番好意，宁辜也无法置喙，除了说谢谢，什么都没办法回应，且其实，她心里有些怕章轩。

因为她害怕林安奚不高兴。

章轩也许心里对她还有念想，可现在见她这般模样，没有那个人在身边便如同行尸走肉，也知道她大概是此生此世，愿得一心人，白首不相离了。

所以他们有差距，仔细想来，他并不是非她不可，他也并不是对她就执念到底。

见章轩走远了，宁辜转过头看着林安奚，却见林安奚一直瞧自己，似笑非笑，她顿了一下，动作快过脑子，飞速在他唇上吻了一记。

吻完才反应过来自己做了什么，面上还是愣愣的，耳朵却已经红作一团。

“我……我只喜欢你，你别误会……”

林安奚的笑意却骤然加深，他扣紧宁辜的腰让她贴紧自己，低声道：“怎么办宁宁，我现在一点也不想吃饭了。”

最后晚饭还是在家吃的，林安奚叹气，只要有宁辜在的地方，他怀疑自己根本没办法踏出方圆十里地。食髓知味之后，不仅仅是宁辜想黏着他，他也想时时刻刻把她绑在身边。

毕竟，是曾经等了那么久的人。

宁辜精神好，洗完澡之后不想睡觉，坚持要看林安奚工作。跟着他一路从厨房到书房，林安奚写配音人物小记，她就在旁边撑着手臂专心致志的模样，最终林安奚无奈，放弃了在她面前工作，拖着她一道去看电影。

宁辜疑惑他怎么忽然不工作了，林安奚只能故作苦笑道：“宝贝儿，说实话，有你在，我什么都不想做。”

这种话，宁辜福至心灵，竟懂了他的言外之意，立刻认错：“那我不打扰你了……我去……去睡觉……”

林安奚却一把拉住她，搂着她的腰拿鼻尖去碰她的鼻子：“我不在你跟谁睡啊？

“还是跟我去看电影吧。”

选的还是一部老电影——《海上钢琴师》。这部电影宁辜之前看过许多遍，她敬佩1900选择守住自己心灵世界的勇气，也向往他未带寸缕大义凛然赴死的心。可最终，林安奚告诉她：“在一个封闭的，自己熟悉的地方待久了，便无力再接受未知的整个世界。可生而为人，却不得不承受世界变迁，我们谁都不是1900，没有他那样的好运气，可以一辈子活在自己的桃花源里。我们只能走出来，学会把所有未知因素都填进心里，当成一种滋补品，一种勇气。”

电影播完时宁辜窝在林安奚怀里发了很久的呆，最后她把头靠在他的肩膀上，望着玄关处的大衣道：“林安奚，我明天，想去心理康复中心……”

林安奚拉开两人的距离，看着她。她的眼里，明明白白全是坚定。

“我对我的过去一直都无法释怀，心理医生本可以用催眠的方法强制让我面对，但因为怕刺激我的病情，所以一直都用的温和疗法，但我想放下了。”

“林安奚……”她伸手抚摸他的脸，“你离开我的那种痛，我不想再经历一次了，我要好起来，我不想，让你觉得我有病……我不想让你离开我。”

林安奚叹气，额头抵在她的额上：“宁宁，即使你无法放下过去，那也并不妨碍我爱你，我是心疼。”

心疼你一个人活在回忆里踽踽独行，心疼你明明孤独得不行，却还要扛起那么沉重的过去。

第二天两人就去找了季衍青。宁辜常来常往，对这里熟悉得不能再熟悉。林安奚第一次来，却觉得那个名叫季衍青的心理医生看自己的眼神有点奇怪。

他简单和对方打了招呼，又叮嘱宁辜如果受不了，不要硬撑，他会在外面等她，带她回家。

进催眠室的时候季衍青看了林安奚一眼，那些宁辜同他的亲昵和见到他时眼睛里发亮的情绪，他都假作没看见，但潜意识里对待林安奚的态度却实在疏离。

所幸林安奚也不在意，坐在招待室看了会儿人物小记。

岳楼那货又在四人群里艾特林安奚，自从他们和林安奚一起密谋搞事情之后，这群便很久没人在里面聊天了。岳楼是担心自己哪天一个没憋住就原形毕露让宁辜看出马脚来，毕竟执行“任务”的过程诸多波折，且计划实施也并不是那么天衣无缝，应该说哪里都是破绽才对，但好歹已经顺利完成，憋了许久的岳楼终于是撑不住，率先打破了这群的死寂。

姓岳名楼：“@Tea，林安奚，啥时候带小可爱出来见家长啊！”

姓岳名楼：“我们好歹也算是功臣了吧！你可不能薄待了我和老秦啊！”

Tea：“你们？家长？”

Tea：“您今年高寿？”

Tea：“还有，收回你那句小可爱，是你能叫的吗？”

姓岳名楼：“哎哟嘿，‘小可爱’这个词你是申请专利了吗？我叫小宁小可爱不行吗？她长得可爱，就是我的小可爱！怎么的吧，不服来战！”

Tea：“是林安奚一个人的小可爱。我们宁宁亲口说的。”

姓岳名楼：“……”

姓岳名楼：“你说啥玩意儿？你糊弄谁呢！小宁怎么可能说这种鬼话！”

Tea：“需要我帮你艾特我们宁宁吗？或者你可以亲自问她。”

Tea：“或许，你需要我友情提示一下，她是在什么场景下说的吗？不过以你目前的状态，应该是不会懂的。”

姓岳名楼：“林安奚你给我等着，我马上就要打你了！请你立刻切腹自尽好吗！马上！立刻！”

秦书远一向对岳楼这种自取其辱的行为表示十分不理解。

秦书远："你一天不作是会死吗？"

姓岳名楼："孤不甘心！安奚贼子！祸上作乱，居心不良，心脏极脏！孤决不能放任宁氏女被这厮欺瞒如此，今便要将当日之事悉数告知，定要斩杀此乱臣贼子！"

姓岳名楼："@宁辜！"

秦书远："……"

智障。

林安奚与秦书远都懒得再理这货了，由得他胡闹，林安奚继续看人物小记，催眠室的门被打开了。

宁辜惨白着一张脸从里面走出来，步履有些艰难，快要跌倒之时跟在后面的季衍青扶了她一把，又被她推开，接着她跌进了抿着唇一言不发朝她张开怀抱的林安奚怀里。

季衍青见两人旁若无人地亲昵，见宁辜对他的依赖，苦笑了一声。

竟然还是他。没有他就打算放弃，有了他甚至都已经想要忘记过去。他曾经努力了那么久都没能让她下定决心走出来，眼前这个男人究竟是怎么做到的，又是怎么成为她心里的独一无二的？

季衍青近乎哀怨地看着林安奚，林安奚抱着宁辜，揉着她的头发，轻声低哄，收紧的双臂似乎每一寸都带着心疼。

季衍青看着看着，便被眼前这温馨画面刺得双目生疼。他颓败地转身，让助理送两人出去。

林安奚刚带着她走出心理康复中心大门，她便蹲在地上疯狂呕吐起来，她吐完之后脸色更加苍白，整个人几乎一触即倒。林安奚心疼，却也不能替她承受。

每一次来过康复中心之后回到家，宁辜都疯狂地想要和他更近一点。急切的动作和眼睛里因为受伤而极度想要被抚慰的情绪，一概化作极致深情，翻天覆地淹没彼此。

宁辜本不是个主动的人，可放在林安奚身上，她总是显得迫不及待。

筋疲力尽到无法再思考任何东西，宁辜靠在林安奚怀里，感受两人相互传递的热意。

许是情事刚过，宁辜望着林安奚总觉得他带着无法描述的慵懒和甜意，她欢喜得不行，怎么都看不够，忍不住又扑上去亲他一口。

“林安奚。”她叫他。

“嗯，宝贝儿，我在。”

闭着眼睛，他回应。

“好喜欢你。”

她把这句话原封不动地又递到他身上去：

林安奚睁开了眼睛，二话没说又将她拢进被子里，低头没忍住似的一点一点亲吻她的嘴唇，浅尝辄止的吻，没有丝毫情欲，却是那样温馨。

“宁宁，宝贝儿，我答应你，以后只要你每进步一点，每好一点，你要什么，我都给你。这是奖励。”

宁辜闭上眼睛抱住他的脖颈，点头：“好。”

Chapter 09
你是我的良药

四月初，宁辜的病情有所好转，两人都有目共睹。

她笑得更多了，美丽，耀眼，宁辜一心想要痊愈，自然知道好转是势在必行，她更在意的是林安奚的奖励。

她越来越爱黏着林安奚，这种情况即使是自以为最喜欢林安奚的那段时间都不曾有。曾经她不断告诫自己，即使沉溺，也不能放纵自己，不能让林安奚觉得烦腻。她原以为自己有病在身，没有安全感，唯有林安奚是她的救赎和安慰，痊愈的话应该更能控制自己，可药一天天吃下去，林安奚的笑意却更加让她一日比一日陷得深，如果是现在让她和林安奚分开，只怕她会更无法接受。

她记着林安奚的承诺，每一次去复诊，只要得到病情好转的诊断，便自发回家乖乖地把诊疗单递给林安奚，然后主动亲他、抱他，林安奚自然乐在其中。

岳楼又在群里约林安奚，让他带宁辜出来见见外面的阳光，林安奚不予理会，他便找上宁辜。

姓岳名楼“：@宁辜 外面的世界是如此美好！你却为何总被囚禁在林安奚这厮的狭小怀抱，来吧，来拥抱这初春的大地，来吧，我和秦书远都在等着你！”

林安奚听着群消息叮叮咚咚个没完，实在头疼，索性拉着宁辜去“深度交流”，做些有益身心健康的事情。

岳楼却乐此不疲，上了瘾一样地在群里叨叨。

姓岳名楼：“@宁辜 是不是林安奚那个家伙不准你出来？没关系，你和他闹啊！反正林安奚他离不开你的。你闹，你作，他总要依你的！来吧，初春的大地已迫不及待要和你相偎依！”

林安奚他离不开你的。

两个小时后宁辜看到群消息后，只注意到这一句。什么叫作，林安奚离不开自己？

为什么会这么说？

她总是害怕，是自己离不开林安奚。而林安奚，总可以随时抽身。

可现在岳楼说，林安奚离不开自己。

她怔怔看着这句话发呆，林安奚从背后抱住她。

“怎么了？”

她便指给他看：“林安奚，这句话是什么意思呢？”

林安奚只瞧了一眼便笑了。

“嗯，总算说了句人话。他说的不错，宝贝儿，我离不开你的。”

林安奚，绝对没有办法离开你的。

他比你想象的，还要爱你。

“为什么？”宁辜眼睛都红了，鼻尖像是堵了一层灰，酸涩发痛。

林安奚抱着她转了个身面对自己，一点一点抚摸她开始通红的眼睛，笑着，刚想要说话，宁辜手机却响了。

是客户打过来的。

上次班导帮她接的那个设计大受好评，她后来又在学校官网展板上放了自己的设计图，很快被人瞧上，邀约电话接二连三地来。她也根据自己的能力和水平酌情接了几个。

她已经能自如和陌生人相处，痛苦和努力总算都没有白费。

客户打电话来提了一点点要求，两人在电话里聊了一会儿，她细心记下客户的要求，等挂完电话再回头，发现林安奚已经进了厨房。穿着毛衣，围上围裙，身姿修长挺拔，看着很单薄，锁骨凌厉得刺眼，但其实还有腹肌，浑身上下也都有力量。

他围上围裙的模样总是过于好看了，他的脸其实格外精致，一双眼睛似笑非笑时总是容易让人觉得不真实，有距离感，再往大了说就是有点超脱，但他围上围裙之后便增添了些烟火气，让宁辜觉得他的的确确是在自己身边的。

宁辜看了他一会儿便没忍住凑过去，半靠在流理台上，满心欢喜地问："在做什么呀……"

林安奚分神给她一个含笑的眼神："在做有些人想吃的呀。"

"嗯？"

"梁溪脆鳝，想不想吃？"

宁辜一怔，心底陡然腾升起一股异样的感觉，她目光还是落在他的身上。

"你怎么……"

知道。

"你看过我的Twitter了？"

宁辜的Twitter已经很久不更新了，自从林安奚来到她身边之后她便再也没去看过了。

但饶是记忆再久远，她依然有印象自己的确在Twitter上转推了一条关于梁溪脆鳝的推文，并用日语配了想吃两个字。

大概已经是很久很久之前的事情了，那应该是爸爸妈妈还在吧，现在想来，竟恍若隔世，久远到她自己都快要忘记了。

可是林安奚看了她那条躺尸的推文，还认认真真买了食材，做给她吃。

宁辜的心脏像是被巨大的洪流裹住，温软发烫。

“我刚学的，可能做的口味不正宗，我们宁宁可不要嫌弃啊。”

怎么可能嫌弃，宁辜使劲握了一下手，才走到他身侧看他做最后一道工序，又规规矩矩地摆盘。

“梁溪脆鳝，西红柿盅，雪花蟹斗，还有什么想吃的？”

这些大概都是被她遗忘的记忆，不光社交软件帮她留存下来，现在林安奚还亲手将那些尘封的，沾满灰尘的记忆捧到她的面前。

听不到她的回答，他便回头瞧了她一眼，发觉她正看着自己的背影发呆，便忍不住捏她的脸。

“西红柿盅里面想放什么，我买了虾、里脊，还有蔬菜，都放进去好不好？”

“好。”

当然好。没什么不好的。

“我发现你好像特别爱雪花蟹斗，你为数不多的推文里有六条都在推荐雪花蟹斗，这么喜欢？”

其实是年少的执念罢了，不过少时口腹之欲，仔细想想当初那段自动在脑子里美化的岁月，挥洒汗水的青春，张扬明媚的笑容，为了测试卷上的成绩苦恼，为了一个题绞尽脑汁死磕到底，又为了仅仅空出来的半天假而欢腾雀跃，以他们家出事为分界线。前半段她过得很快乐，因为有疼她的父母和足以引以为傲的幸福世界，后半段她痛苦绝望自欺欺人过甚至自我放弃，但遇到林安奚后，一切又都变了回去，时光都被拉得很长很长，绵软舒适，惬意满足。

空中满是风信子的馨香，如同口感细腻的雪花蟹斗一样，咬一口便觉幸福。

于是她说：“那是很温柔的一道菜。”

他的腰际松松垮垮挂着围裙系绳，勾勒出美好纤瘦的腰形，宁辜忍不住，还是抱上去，她明知道这是打扰，可是靠在他单薄却令人安心的后背上，脸埋在毛茸茸的毛衣里，她能闻到阳光的味道，似乎还泛着花香。这次不是风信子了，是薰衣草。

林安奚在她抱上来的那一刻，正在往掏空的西红柿里放油渍好的配菜，他顿住，背上有她的温度，腰际是她紧紧揽着的双手，左手的衣袖扣子没扣起来，微微往上翻卷，露出一点儿丑陋的伤疤，现在看却宛如晶莹的装饰。

林安奚的眼睫低垂下来，弧度里满是笑意浸出来的光。

最后林安奚还做了一份日本怀石料理，虽然半吊子居多，但到底丰盛。

宁辜好奇他为什么忽然做这么一大桌菜，简直如同奖品。

林安奚却回应她：“是交易。”

“交易？”

她隔着半个理石桌看他，他便站起来隔着半个理石桌亲下来：

“陪我对台词的交易。”

林安奚的工作是越来越忙，新的一年他好像依然没有能够空闲下来的时间。

接了部古装电视剧的一番男主配音，男主角是香港人，说起国语来还是稍微有些别扭，为了电视剧效果，剧方选择配音。

林安奚自日本回来之后接的大多是动漫，国漫虽说这些年来一直不景气，被说是仰卧起坐式发展，但到底还是有几部能打的。林安奚运气好，接到的几部都还拿得出手，一时间在圈子里名声大噪。

这次是他第一次接电视剧，倒是个新奇的尝试。

剧本有厚厚的一沓，宁辜握在手心里都觉得发烫，看了半天也没看进这电视剧到底讲了个什么故事，倒是想起另外一个事。

“剧本算是内部资料了吧？应该有签保密协议吧……”

言下之意便是，应该不可以随便给外人看吧。

林安奚整理好厨房洗了个手出来，往她对面的沙发上一坐，随手拿起剧本，回答也是漫不经心的。

“嗯，不可外传，所以宁宁看完最好就忘记。”

宁辜“啊”了一声，赶紧点头。

林安奚便笑，斜斜看她一眼。

“看好了吗？知道今天对哪一段吗？”

宁辜摇头。

林安奚翻了两页，手指在剧本某一处点了两下：“第二页第二段。”

宁辜听话地翻到那一段，片刻后她显得有点痛苦地捂住了脸。这一段是接吻啊……接吻也需要配音的吗……

像是看出她的疑惑，林安奚笑了两声，坐到她身边。

“吻戏，有时候需要配音。”她把玩她已经长一点的头发，“宁宁，想不想知道，最难配的是什么戏？”

宁辜配合他的发问思考，是什么呢？哭戏？深情戏？吻戏？

宁辜摇头，林安奚便靠近她一点，近到呼吸相闻。他的眼睛里隐约含了笑意，满是蛊惑意味。

“床戏。”

他在她耳边说。

热气全部喷到她的耳尖，嗓音是哑的。宁辜整个身体都麻了，他还靠她那么近，体温源源不断渗进身体，宛如肌肤之亲。

宁辜想，他是她的药。

不只是救她的良药。

也是勾她上瘾的毒药。

宁辜对他从不懂什么是抵抗，什么是自我控制，只在原地僵了几秒钟，便忽然翻身跨坐上他的腿。

林安奚挑眉，一手搂住她的腰让她不致掉下去，一手搭在沙发靠背上看着她，眼神未变，却越发幽深。

“嗯？”

宁辜那一瞬间甚至觉得林安奚是故意的了。

可怎么办，她就是抵抗不了。她觉得自己大脑一片空白，可还是将头靠在他的额头上，澄明的眼睛瞧着他。他还是那副表情，似笑非笑。她却不敢再看了，转而将头靠在他的肩膀上，缓缓地，轻声说：“林安奚……我答应。”

白日宣淫并不值得提倡，但适当运动之后显然办事效率都更高了。宁辜坐在客厅的地毯上，轻描淡写便改完了设计稿。

天气转暖，屋内的空调作用其实已经不大了，但是宁辜年前折腾自己折腾得太狠，林安奚担心她身体，还是将温度往上调了一下。

林安奚晚上有会要开，他们工作室招人，让林安奚过去坐镇一下，拍个宣传片啥的，好歹也是老大。

小乙大概是对他大嫂很感兴趣，磨了林安奚好一会儿，央求他把宁辜带过去，但宁辜和客户约好了去送图纸，实在去不了，只能抱憾拒绝。

宁辜和客户约的七点半，但两人都是爱好提前到的主，去到茶座时才七点不到。客户是个痛快人，看过图纸之后觉得满意，两人又坐下聊了一会儿，言明要是以后再有需求还想跟宁辜合作。

宁辜当然求之不得。

出门的时候天色渐黑。快要入夏了，夜色来临的时间越来越晚。宁辜推开茶座的门时晚风迎面而来，吹乱了她已经擦肩的短发。茶座落座于一个小型广场上，正面对着阿芙洛狄忒雕塑，左边有一棵梧桐树，撑天苍翠，树叶郁郁，树的下面有一把长椅，长椅上落坐了一只橘猫，柔软毛发被风吹乱，看得宁辜心头发软。

宁辜抬手抚摸了一下心口，那里已不再阵痛，皆是温热潮流。

她忽然就觉得很幸福，能够不再活在自己的世界里，很幸福。能够遇上林安奚，最幸福。这个世界时时刻刻那么美好，因为有林安奚在，她一一见证了。

只要一想到林安奚，心中感情便泛滥。她忽然就很想他，那种想时时刻刻抱着他，黏着他的感觉让她不可自控，她便决定去他们工作室。

这时手机忽然响了起来。

是季衍青，宁辜想了一下，接起。

季衍青在那头沉默了许久，才开口说：“宁辜，陈司今晚会被送往X市监狱然后执刑，他想见你一面。你可以去见见他吗？”

宁辜怔住。

天色已经完全黑了下来，风从四面八方涌过来。宁辜穿了毛衣，但她忽然觉得冷。她的脑子有点木，无法思考。脑海里浮现爸爸妈妈的样子，是笑着的，她却发现自己忽然不再记得陈司的面孔。

就像是伤痛忘记的同时，关于他的记忆也一并摒弃了。

宁辜静了许久，才轻声问道："你说什么？"

……

两人约的地方还是这个茶座，等了半个钟头，季衍青匆匆赶来，披了一身星光，想必明天天气一定很好。

来人已在眼前坐下，宁辜帮他点了茶后，只看着他，他一言不发，喝了茶，盯着茶杯发呆。

"你刚刚说的话，是什么意思？"

宁辜率先打破沉默。

季衍青这才把注意力又放到她身上，看了她良久，开口才轻声道："抱歉，宁辜，陈司他，对你和你的家人造成了很深的伤害。"

"你和他是什么关系……"

季衍青苦笑："他，是我姐姐最爱的人。"

季繁，本应是个天之骄女，是父母手中的掌上明珠，成绩优异，大学读的是宾夕法尼亚，画了一手漂亮的国画，更是容貌出众，够写尽人间风月。可偏偏，爱上的人是陈司。

她自小和陈司一同长大，到她出国去宾法之前，他们一直都是在一起的。虽说两人是青梅竹马，但两人的家境却是云泥之别。季繁家境虽不说有多好，但到底优渥，自小便生得娇贵。陈司呢？他家只和季繁家隔了一条街，过的却是猪狗不如的日子。

陈父嗜酒如命，喝多了便打人，陈母嫌陈父没出息，离婚改嫁了。陈司成绩多好啊，他们高中唯一一个保送清华的名额获得者，可能怎么办，读不了，有那么一个父亲，怎么可能有钱去读。

只能半途辍学，打工为生，几乎苟延残喘地活着。

他不喜欢季繁吗？季繁那么喜欢他，他怎么可能感受不到，可他敢喜欢她吗？他配吗？当然不配，于是面对她的示爱他只能逃。四年前她出国时他就只敢逃，四年后她回来他还是只能逃。

偏偏季繁一根筋，他拒绝，她便再接再厉。他为了将她推开，做尽伤害她的事，甚至不惜当着她的面和别的女生有关系，只为向她证明自己不爱。

可她还是放不下，只是情绪渐渐差起来，检查过后才知道患上了抑郁症。她日日折磨自己，满身伤。

陈司第一次去看她时她刚刚才自杀过一次，手腕上的口子触目惊心。她本有大好前程，繁华人生，这一切，她都为了他葬送了。

陈司无法忍，忍受不了，便被激起性格里的反社会因子，他杀的第一个人，便是同他有关系的那个女孩子。双手沾上了血，是会上瘾的，戒不了，于是越发无所节制。终于，他再一次杀人时被从医院逃出来找他的季繁看见，本身便已经伤痕累累，又怎么能再接受深爱的人心理扭曲，要靠鲜血去麻痹。可是比起这个，他要是被捕获，更让季繁无法接受。

为了保护陈司，季繁模仿陈司的杀人手法，杀掉一个女孩子，又故意留下线索。果然警察将视线转到她身上，她接受调查，只是状态每况愈下。

一次一次陷入自我厌弃的情绪里无可自拔，她终于忍不住，趁大家都以为她将好的情况里，永远离开了人世。最后一条信息是发给陈司的，她想见见他，想再抱抱他。

可是那天，在陈司赶去医院的时候，被宁辜的父亲宁瞰拦住，带回公安局。宁瞰早就怀疑他是凶手，苦于找不到证据，又只能在48个小时之后放回去。

可等他再回去，等待他的，却只剩季繁的一捧骨灰。

“所以，才会有他说的那句：你让我永失所爱，我也要让你尝尝最爱的人死在眼前的滋味。”

宁辜闭上眼，心脏钝痛。

季衍青看着她，面上浮现出痛苦的神色，满是歉疚。

“我姐姐是爱错了人，你却因他自我囚禁那么久的岁月。抱歉。”他站起来，对着宁辜深深鞠了一躬。

四周的人见他动作都望过来。

宁辜却没有任何动作，只是看着虚空的某一个点，轻轻问：“你这个道歉，是帮谁说的？”

季衍青怔住。

宁辜凄惨地笑了下：“你说陈司想见我，他到底想干什么呢?”

季衍青苦笑，并没有起身：“是帮他……也是帮我自己。”

更是，帮姐姐。

宁辜最后只留下了一句话：“都过去了。

“但，我绝对不会原谅他。”

怎么可能，原谅他，这辈子都不可能。

他毁了她原本幸福的家，毁了她的人生，毁了她的一切。她是有多圣母，才能心大地原谅他。

可是，终究释怀了，正如她所言，都过去了。

她站起来的时候，季衍青说：“陈司的判决已经下来了，死刑立即执行，剥夺政治权利终身。”

宁辜脚步只停了片刻，季衍青又祈求般说道：“他马上就要得到他应有的惩罚了，他只是想再见你一面。宁辜，你去见见他好吗，就当是看在我的面子上。”

宁辜抬起头，眼泪还是掉出来。她便眨了无数次眼睛，抬起手臂挡住眼睛。最后她还是妥协，说：“好。”

陈司被几个警察带出来的时候，比上次见面时憔悴了很多，头发剃成了板寸，脸上也全无神采，见到宁辜的时候很明显愣了一下。

宁辜面无表情看着他，他便笑了，笑容里满是释怀的味道。他说：“你好起来了。”

跟她有那么一点不像了。宁辜只是看着他："听说，你想见我。"

陈司点头，大剌剌地笑："是啊，人生自古谁无死，死之前还想见一下曾经对不起的人。"

他的笑容渐收，忽然正色地看着宁辜，目光悠远，像是透过她，在看着别人。他说："宁辜，我有时候真觉得，你很像她。"

宁辜知道这个她是指谁，是季繁。

"你大概不知道，我这一双手沾满鲜血，却只在两人面前失败过，一个是她，一个是你。"陈司露出回忆神色，"对她，我是没有办法，一次一次伤害她，却还是躲不过爱她，甚至让她付出了生命。对你……"他笑了下，粲然明亮，"我在你身边很久了，只怕我不主动出现，你永远都不会知道。我本来可以轻而易举杀了你，可是每次想要动手，看到你陷在泥沼里出不来，便下不去手。你过得不好，痛苦、绝望、孤独，就跟那个时候的她一样……"

宁辜闭了闭眼："你很爱她。"

陈司："是啊，可是我不够勇敢，如果我能够勇敢一点，告诉她我爱她，她也不会死，那你，也不会经历这些。其实都是我的错，和你的父母没有任何关系。宁辜，对不起。"

宁辜起身，已经不想再听下去。陈司也跟着她起身，用力地、认真地，说："谢谢你，还愿意来看我。"

我也很庆幸，当初没能动手杀了你。

你还活着，真好。

推门出去的时候，林安奚的电话正好打过来，风很大，但没能吹散繁星。

大概是在夜色的映衬下，宁辜觉得林安奚的声音很温柔。不对不对，林安奚的声音一直都很温柔。

“在哪里？”

宁辜听着他的声音，却没回答他的问题。

“林安奚，我刚刚去看了陈司。”

林安奚的声音便停了，隔着电话只能听见他清浅的呼吸，宁辜却听得很安心。

良久，林安奚的声音又传过来。

“宁宁，你现在在哪里，告诉我好不好？”

“市公安局。”

公安局门口有一棵大樟树，树叶青葱，仿佛万年长青。季衍青没走，站在樟树底下抽烟，烟雾缭绕，衬得他背影消瘦寂寞。

宁辜想了想，还是走过去。季衍青见到她，便摁灭了烟。

季衍青也没多说什么，只是郑重对她道了谢。宁辜摇头，跟他告别。季衍青却叫住她，看着她的目光深沉难解。

“宁辜，我一直知道陈司在你身边，对不起。”

宁辜料到了，但是，一切都过去了，她也不在意了。

她说：“没关系。”

两个人静静站了会儿，气氛有点尴尬。宁辜低头看了看手机，发觉时间差不多了，她想抬头说告别，却忽然被人扣住腰，用力拉进了怀里。

男士香水混合着淡淡的烟草味钻进鼻腔，宁辜身体一僵，下意识想推开他，却被人更用力地扣住。季衍青的下巴搁在她的头顶上，轻声道："宁辜，别推开我。"

拜托，就这么一次，让我抱一下。

宁辜推拒的手就那么停住，慢慢垂在了身侧。她由他抱着，没有说话。

良久，季衍青松开她，却又低头，在她额角落下一个吻。

宁辜猛地睁大双眼，他却笑了，笑容满是惨淡和颓废。

"再见。"他说。

再见了，我从初见就开始喜欢的姑娘，你是我人生之中的一段歧路，分别之后，愿你我都能天高海阔。

我只是遗憾，没能亲手将你拉出深渊的沼泽。

我应该爱你，却好像助纣为虐伤害了你。

季衍青离开之后宁辜还在原地怔了许久。公安局对面，过条马路有一个很大的广场，广场上的路灯已经亮起，三三两两的人群打路灯下走过，影子一晃而过。

广场上有一个商场，才七点多，商场内灯火通明，斑斓灯光在她身上落下一身璀璨，却显得她单薄身子更加寂寥。

她走到广场中央找了个长椅坐下，抬起双腿搁在长椅上，在风里抱紧自己，像是有点冷。

只等了半个小时，林安奚便过来了，应该是回过家了，他换了一身浅灰色的长风衣，黑夜里特别醒目，如银月。身姿修长挺拔，款款走来，比月光都暖。

他走到她面前，她便站起来朝他笑一笑。而他一伸手，便将她拉进怀里。

温暖气息落在头顶，身体热度绵延至全身。宁辜伸手抱住他的腰，感受他有力的心跳，很温暖的怀抱。

“林安奚。”她叫他。

“嗯，我在。”

多好听的声音，多让人安心的回答。

“一切都过去了。”

林安奚的车最后找了个代驾开回去了，他则带着宁辜走回去，十指相扣的姿势。

漫天繁星，两人一路闲聊，林安奚说起他在日本的那些年，说他怎样阴错阳差进入星生，又怎样跌入谷底再爬起。他说起那段低迷时期倒是淡淡的，是真的过去了，但宁辜还是心疼，她亲眼见过他满身戾气，孤身一人的样子，怎么都无法忘记。

正巧两人走过一个小广场，竟有一位手艺人在一个石凳上拉二胡。拉的是《二泉映月》，调子凄凉。但老人身边有三三两两的观众听得很专注，不算是独身一人。

林安奚以往学过拉二胡，竟技痒起来，等老人停下来他便与老人商量能不能借他拉一下。老人热情，一口答应。

林安奚就那么跟着印象和手感，拉了一曲《贝加尔湖畔》。

《贝加尔湖畔》调子本就有些哀凄，配上二胡便更觉得忧郁凄冷。林安奚拉了一会儿，又笑着递还给老人，说自己实在不记得后面怎么拉了，班门弄斧，实在不好意思。老人却对他流露出欣赏之意，一旁观赏的人也鼓掌。他像是发了光，吸引了无数人的瞩目。

道了谢两人继续走，自然又是十指相扣，林安奚的手见了风，带了夜里的寒冷冰凉，宁辜便牵着他的手一同放进自己的毛衣口袋里。

她觉得林安奚总能给她惊喜，便忍不住问他："除了二胡，你还会什么乐器啊……"

林安奚含笑看她，想了想："还会一点点尺八。"

宁辜还来不及惊讶，他又补充："只会一点皮毛。"

只会一点皮毛也足够令宁辜惊叹了。她怎么会喜欢上这么优秀的人呢？这么优秀的人，又怎么会在自己身边呢？

"你会用尺八吹什么曲子吗？"

她总是对他的事情好奇。

林安奚像是想起什么好笑的事情，忍不住露出怀念神色。

“会吹《虚玲》和《雾海篪》。”

“啊？《虚空》不会吗？”

林安奚挑眉看她一眼。

“这就要怪小乙了，我们一起学的尺八，他嫌《虚空》这个名字太丧气，自己不肯学，也硬扯着不准我学。我们那会儿一个学校，没事了就去学校那边的一个地下广场吹尺八卖艺，当然根本赚不到什么钱。”

宁辜好奇：“为什么？”

“因为每一次我们都会因为谁吹《虚玲》谁吹《雾海篪》争抢不休，他口头上抢不过我就抢我的尺八，根本没时间好好表演，等闹完了再回去已经没什么人了。”

他口气三分无奈三分好笑，剩下的全是不知道如何形容的温柔，她忍不住，便停下来抱他，手搭在他的肩膀上，踮脚亲他。

她的眼底有光，像是掏空了一切愁绪，亮堂得如同掉落进万丈星河。

“如果早一点认识你就好了。”

想参与进，他全部的人生。

“好喜欢你。”

好爱你

好爱你。

林安奚。

转眼便是清明。宁辜放了三天假，打算回X市祭拜自己的父母。她来C市两年多，再未回去过。彼时因为无法接受，现在却已经放下。

林安奚把所有能往后调的工作都往后调了，调不了的便都提前了，空出了三天时间陪宁辜一起回去。

岳楼这货一直想见宁辜，无奈林安奚怎么都不提供机会，他那段时间又赶上工作忙，自己也不能来，这下放了个清明假，可叫岳楼逮到机会了，叫上秦书远硬是要跟着一起去祭拜，美其名曰他们是婆家人，得跟着一起去见娘家人，才够诚意。

林安奚知道阻止不了他们，索性便把他们一起带着。

一见到宁辜，岳楼就开始出卖林安奚。

"小宁啊，这厢先给你道歉了，之前对你瞎说八道那么些玩意儿，你可一定要原谅我，因为都是林安奚这个家伙逼我说的啊。他谋划很久了，明明早就对你图谋不轨，非你不可了，还要整这些幺蛾子，黑得不行，你可千万别被他骗了啊！"

林安奚正在帮他放行李箱，挑眉扫过去："你想自己走过去还是跑过去还是干脆不想去了？"

岳楼立马噤声，但还是悄悄在宁辜身边说："我说的都是认真的！"

宁辜的重点都落在那句"早就对你图谋不轨非你不可"上了，愣愣被林安奚牵着上了车。之后近四个小时的车程里，她有四分之三的时间都落在林安奚的侧脸上，一直到预约的酒店。

岳楼、秦书远不跟林安奚、宁辜住在同一层，他们先回各自的房间熟悉环境了。

清明节必下雨，宁辜他们的房间靠山，窗户外面便是树，被雨浇出雾，像是整个世界都蒙了尘。

宁辜趴在窗户边看这座她久违了两年的城市，林安奚放好了东西走到她身边，斜靠在窗台前抄着手看她，她就在蒙了水汽的窗户上写字。一笔一笔，先写的是三个字母，然后是三个汉字。

Tea，林安奚。

林安奚盯着她，从侧脸往下，到微微下掉的毛衣领，她爱穿毛衣，满是学生气，林安奚无意识咽了下口水，然后握住她的指尖，有点凉，他便牵着她冰冷的手，缓缓伸进自己的衣摆。

宁辜像是被烫了一下，下意识挣扎，却被他一把按在自己的腹肌上。他的眼神很深很暗，她又想起岳楼那句话，于是深吸一口气，问："林安奚………今天早上……"

像是知道她要问什么，林安奚率先开口："嗯，岳楼说得没错。"

他伸手将她扯近，空出来的那只手抚摸她的脸，微笑。

"我的确，不打算放手。"

他的确，一开始便图谋。

"为、为什么……"

她不懂。她似乎想起认识他以来的点点滴滴，但怎么都无法想明白，他为何忽然到来，又为何死心塌地。

林安奚便将她抱进怀里，下巴搁在她头上，目眺远方，叹一口气，说："你是不是，给我写过一封信？"看着她，"在日本的时候。"

宁辜惊愕："你……你收到了？"又想起岳楼和秦书远说的话，失神地喃喃，"岳楼哥和书远哥说的那个人，是我……"

林安奚点头，露出回忆神色："那段时间我状态不好，嗓子差点被毁了，不能开口说话，那段时间，大概感受到的是绝望吧。"他轻描淡写说出"绝望"两个字，"公司大概觉得对我有愧，把本来打算扔掉的信给了我，在此之前，我从未收到过粉丝写给我的信。那是唯一一封。"

宁辜喉咙发涩："是我写的……"

林安奚点头："是。"

除了信还有两张明信片，四张祖国的风景照，应是来自大理春森，西湖菡萏，南京梧桐，长安扫雪。

信上寥寥数语，写道：

Tea，闻之状态不佳，特此来信，希望能帮忙加油打气。愿勿恼勿惑勿放弃，支持你的人一直一直都在，加油，前程似锦，平安喜乐。宁辜敬上。

不过是加油打气而已，但因为是中文，难免让林安奚情绪泛滥。他已经很久不见母语方正美丽的字体。

信封和信纸上都有栀子花的香气，凝神静气。他盯着那娟秀的字体瞧了许久，才察觉信封里面有异。一沓照片里面竟还夹带了一张别的。照片应该是因为保存不当都有些发黄，看着不像是特意放进来的，因为没有过塑，边边角角都皱起来。

照片里是一个女孩子。

林安奚抬手抚摸宁辜的眼睛，指尖一点一点扫过她的眼角，澄亮的眼睛，和照片里一模一样。

照片里的姑娘穿了一件浅蓝白格子衬衣，衣摆绑在腰间显出纤细腰肢，下身穿的是浅色破洞牛仔裤，蹬了一双白色帆布鞋，皮肤很白。照片仿佛是抓拍的，她正走过林间青石板路，大约被人叫了便立刻回头，却被那人抓拍下来。

林间不断有光漏进来，清浅落在她的身上，还有一点掉进她的眼睛里，而她的眼睛是微微眯起来的，弯弯的，如同月亮，笑容灿烂，十分有感染力。明明落在她身上的光影处理得那么好，可林安奚的视线落在她满是笑容的眼睛上，便移不开，像是那双眼睛里的光，直直掉进了他心里一样。

林安奚说："是这双眼睛，救了我。"

那个时候他就想，他不能这样堕落，这样放纵自己。他还有未完成的事情，绝对不可以就此沉寂。所以他韬光养晦，一面练习重新发声，一面反击。他之前，没有一刻那么想回过国。

回去，找到她。

那是支撑他坚持下来的念头。

宁辜抬起头，捂住眼睛，终归没忍住抱住他，声音里含了泪意。

“我那时候，那张照片，不是我故意放进去的……”

“我知道。”

林安奚说，揽着她的手臂一寸一寸收紧。

宁辜的嗓音里都含了哭腔，她说：“要是我早一点知道就好了。”那样的话，她会更努力一点走出来的。

对不起啊林安奚，因为我的懦弱，让你等了那么长的时间。

林安奚知她心中所想，揉揉她的头发，轻声说：“乖，是我的错，是我用心险恶，故意误导你。”

一开始只是利用这一点逼宁辜下定决心，后来他想，如果她不知道的话，那么就这样下去也好，毕竟过去的她，好的坏的，都沦为过去，既然要抛弃过去，那么一并舍了，也未尝不可，今后她的生活，每一秒都会有自己参与，多好。

宁辜不知道自己到底想说什么，她觉得心里酸酸麻麻的，只能语无伦次胡说八道。

“林安奚，就是用心险恶……”

那段时间，她有多难过，可是又很幸运。

“林安奚……我觉得，我很幸运。”她一定是被上天眷顾的那一个。

即使经历再多她不想要的，那也是上帝宠幸的孩子，不然怎么会赐给她林安奚。

“不是呀。”

林安奚却说，他亲吻她的头，温柔得不行。

“明明是我幸运。”

他何其走运啊，竟然就那么遇见了他的宁宁。

这世界，阴错阳差，有时候，无聊透顶，可是，当痛苦来临时，竟也记得安排了光明。

多有趣。

……

自父母去世之后宁辜从未有哪一刻想到他们如此平静。

春雨淅沥，林安奚撑了一把黑色的伞站在她身后，她看着墓碑上笑容温柔而灿烂的夫妻，忍不住掉了泪，却是笑着的。

“爸爸妈妈，对不起……”

曾经让你们失望，曾经停滞不前。

但是。

“我现在……很好了。”

她哭出来，不忍再看前十八年最熟悉的两张脸，流着泪转开视线。林安奚从身后将她揽住，很认真地对宁辜父母道：“叔叔阿姨，以后有我在。”

我会一生守护你们的，和你们的宁宁。

所以，请放心。

站在一旁默默看着的岳楼和秦书远此刻也挤上来，冲着墓碑许诺。

“叔叔阿姨，我们都是林安奚的朋友，我们会替你好好看着林安奚，也会好好照顾小宁的，你们放心！”

“是，叔叔阿姨，我们都会把小宁当成亲妹妹一样看待，请你们放心。”

离开时雨小了一些，宁辜走出墓园，却又忽然回头。

墓园里有许多墓碑前都有洁白的花，只有宁辜父母墓前放了一大束颜色妍丽的风信子，因为父母皆爱。

那一束花十分醒目亮眼，如同一道靓丽的风景线。

宁辜看着看着，不知怎么的，就忽然想起许多年前，她得知父母为什么喜欢风信子时的场景。

当时她刚满十四岁，拿着一本星座书研究，对照爸爸妈妈的出生月份算他们是什么星座，算完了又问爸爸妈妈这上面说的性格和他们彼此对不对得上。

宁氏父母，对待女儿一向耐心，听女儿这么说当即认认真真研究起来。两人坐在同一沙发上，靠在一起，还刚分吃了一半柚子，身上满是柚子的清香。

研究了好一会儿，宁父便笑起来，温和道：“部分还是说得挺准的，什么恋爱心思敏感啊，说的就是你妈妈。”

见他打趣自己，宁母便嗔怒地掐了他一把，反击：“说你爸性格吊儿郎当爱玩也是很准的，他就是这样，年轻那会儿，只知道玩。”

宁父还想反驳两句，宁母却自动跳过这个话题，对宁辜说：“不过，这个幸运花倒是预测的不是特别准。”

宁父闻言也凑过去看了一眼，同意：“是，这个花不准。”

他对着宁辜笑道，慈爱地摸摸宁辜的脑袋，问道：“想知道爸爸妈妈的幸运花是什么吗？”

宁辜不懂：“爸爸妈妈的幸运花是同一种花吗？”

宁父点头：“是的呀。我和你妈妈都喜欢风信子，这也是我们的幸运花。”

宁辜听说过风信子这种花，但她那时候还小呢，不懂这花到底有什么意义，只觉得这是个名字特别好听的花。

风信子风信子，多文艺的花名呀。

“是因为风一吹它的花瓣就会四处飘落，就像蒲公英那样，好像给各种植物动物送信一样所以才会叫风信子吗？”

“当然不是，傻孩子。”宁父耐心地对她说，“风信子其实又称五色水仙，你们现在在学生物了吧，风信子属于被子植物门的风信子科，所以才叫风信子啊，它还有另外一个特别好听的名字，叫时样锦。”

宁辜歪着脑袋，想了一会儿终于想起来自己要问的中心思想。

“那爸爸妈妈，你们为什么喜欢风信子呢？”

她记得爸爸妈妈相视一笑，双手又自然地缠在一起。这回是妈妈告诉她的。

她说：“因为花语，风信子的花语是：燃生命之火，享丰富人生。”

那时候她还不懂，现在她好像明白了。

雨终于停了，一行四人收了伞。雨后天空澄明，泛着青翠的碧绿，生机勃勃。

宁辜笑着，念了一遍：燃生命之火，享丰富人生。

爸爸妈妈，她记住了。

从此后，天高水长，点生命之光，爱人生之途。

不相忘不相弃，不相负不相欺。

于这世界，傲然驰骋。

—正文完—

番外 01
直播求婚

天气很好，初夏的阳光总是带着三分温软，抬起头，那热度便落到脸上，像极了被捧在掌心。

宁搴在C大的羊肠小道里走了一会儿，青石板的颜色很像春光，艳丽逼人。

耳机里的歌是《BoyHood》的主题曲《Yellow》，Coldplay主唱的声音总是带了点嘶哑，听着性感又迷人。歌词唱到“I swam across，I jumped across for you（我曾横渡重洋，翻山越岭只为与你相见）”时，林安奚的电话正好打过来。

是他惯有的温柔嗓音。

“在哪里？”

他咬字总是有点奇特，每一个字都字正腔圆，尾音偶尔拖得绵长，便缱绻到了极致。

宁辜在那头笑：“在学校。”

“我来接你。等我。”

宁辜大四基本上没什么课了，学分全部修满，她给最想去的建筑公司递了简历，收到录用通知之后便算得上无所事事了。偶尔来学校缅怀一下即将过去的青春吧。

林安奚晚上有一场YY直播（语音直播），算是回馈粉丝的活动。他多年来不参与线下活动不举办粉丝见面会，粉丝和他沟通全靠作品和偶尔更新的Twitter。他不玩微博，粉丝也不太敢去Twitter上私聊他让他开直播，于是便隔三岔五骚扰小乙，说让他帮忙转告一下，哪怕是开一场见面会他蒙着脸来都行。小乙成天被真爱粉求得无可奈何，就差抱着林安奚的大腿哭天抢地求他疼一下他这个小透明了。

林安奚也无奈，粉丝见面他肯定不可能开，为了安抚一下躁动的粉丝们，便只好答应去YY上搞个活动聊表心意。

宁辜毕竟也还是他的粉丝，这种活动肯定要参与，但林安奚偏心，直接带她来后台。

直播在晚上八点整，小乙在和粉丝们聊天，顺便给粉丝们打预防针，让等下大家不要太激动。

但效果并不显著，林安奚上线时YY里还是一片刷屏，在线人数直线飙升，一排排留言蹭蹭蹭往上刷，发语音的，打字的，场面混乱不堪。

林安奚的麦卡了好一会儿，才开口跟大家问好。

他用温柔又低沉的声音跟大家说：“大家好我是Tea。”

于是留言又是一片混战。

——啊啊啊，我死了我死了，Tea讲话的声音真的太好听，我的妈呀！为什么这么酥！酥炸天际！林哥麻烦你以后多接点访谈或者采访好吗？光听你配音根本听不够啊！

——哇林哥你是要我死吗！

——求你不要停！继续！

——我可以花钱买你的嗓子吗林哥，或者你还需要打杂小妹吗，可以自己发工资的那种。

——诸君我已经录完音打算设置成闹钟铃声手机铃声酷狗开启提示音了！等我再去找两个会打招呼的APP设置成功了再来战！

他不过才说了一句话，粉丝便集体自嗨起来，气氛前所未有的热烈。

宁辜身在后台，但还是开了YY，这样才是一个粉丝该有的行为。此时此刻，她只是粉丝而已。

她在众多评论里看到一条，对不起听到林哥的声音我就已经怀孕了。

她眼疾手快地在下面跟了一条：+1。

林安奚的呼吸声轻了片刻，才又轻轻笑起来，发出低醇的笑声。

“哇，大家真的好热情，谢谢大家的喜爱。一直以来也没能做什么来回报大家的喜欢，今天借这个活动，不然就给大家唱一首歌吧。”

他从来没有在公共场合唱过歌，甚至私下里也不常唱歌，评论里又是一水的激动，就连宁辜都忍不住抬头看向他。

“稍等一下，我找一下伴奏。”

不足片刻，伴奏响起，前奏听着很耳熟，但宁辜还没反应过是什么歌，评论里已经开始刷起来：yellow啊！是coldplay的yellow啊！林哥居然要唱yellow！

林安奚的声音便响起，响在手机屏幕里，也响在身边。

“Look at the stars，Look how they shine for you，And everything you do.Yeah, they were all yellow，I came along，I wrote a song for you……”（看着星星，看它们如何对你闪耀，及你所做的一切。是的，它们都是黄色的，我一直向前，我为你写了一首歌……）

宁辜终于想起来，是她下午才听过的那首《Yellow》。

宁辜捧着手机，愣在原地。

林安奚唱歌也很好听，声音干净温暖，如同他的人一样。因为从未听过，所以很惊艳。

宁辜怔怔看着他的背影。

评论里还在刷各路评论，比较醒目的一条是：我的克里斯·马汀大人啊！对不起，我原本只喜欢听你一个人唱这首歌，但现在我还爱上林安奚唱这首歌了，呜呜呜，太好听了吧！

宁辜默默在心里想，自己好像也要和主唱大人说声对不起。

而在他唱完一整首歌之后，他静了片刻，笑出声，念了一句："I swam across，I jumped across for you。"（我曾横渡重洋，翻山越岭只为与你相见。）

"美丽的句子。"

不仅美丽，而且，别有意义。

而宁辜则已经彻彻底底怔在原地。

评论里又开始狂吹林安奚的英文发音，宁辜却已经完全无法集中注意力。她整个人都看向他，这一切，都不能用巧合来形容。

宁辜揉了揉因为不眨眼而酸涩的眼睛，努力让自己继续关注直播进程。

林安奚似乎在念评论，他声音里含笑，道："你们真是一群可爱的人？"

"嗯？要我夸你们？我刚刚不是在夸吗？"

"要夸的别致一点？这要怎么夸？嗯……你们可真是一群小机灵鬼儿这种？"

"可爱？来，房管来一下，帮我屏蔽关键词，我可以用可爱来形容？”

“温柔的人？嗯，很高兴你能这么觉得。”

小乙在一旁实在看不下去接了一句：“温柔？这位朋友你是怎么看出来的？眼睛不要的话可以捐给有需要的人。”

林安奚：“捐给你吗？”

小乙：“……”

林安奚继续看评论：“哇，平常和小乙都是这么相处的吗？感觉怼人也很可爱。真的我要屏蔽关键词了，记得，要说帅。”

“想嫁给林安奚想给他生个孩子然后上演一出带球跑戏码。唔，抱歉，这个可能没办法实现了，我女朋友不会允许。”

——女朋友？

——林哥你居然是个有女朋友的人！

满屏的问号几乎占据整个视野，林安奚只好无奈地笑道：“是啊，我没说过吗？”

你说过吗！你连和我们互动都很少，你觉得有可能跟我们讲你有女朋友？

林安奚嘴角勾起弧度：“我的女朋友呀，不是圈内人，嘘，你们都小声一点，不要惊动她。”

“结婚呀？”林安奚的眼神越发温柔，“嗯，既然你们都这么说了，那不如我趁这个机会把婚给求了吧。”

……

宁摮扔掉了手机快步走出了录音棚。她靠在一根柱子上，半仰着头看天上星空，抬手抚摸胸口，心跳得很快。

他总是出其不意，而她总是无力抵抗。

没过多久，小乙也从里面出来了，整个人都在跳脚。

“我就知道！以他的性格怎么可能轻易答应搞这种活动！分明就是故意的！他就是想撒狗粮！我怎么就上了他的当呢！”

见到宁摮在望着自己，他立马变了个脸，喊了声“大嫂”。

宁摮对这个称呼还是脸热，只不好意思地笑了笑。

小乙说：“老大今天这个行为，根本没和你商量过吧，他独断专行对不对！”

她的确没料到，只好点头。

小乙更气了！

“他可真是打的一手好算盘！现在向广大人民都宣告自己有女朋友还顺带秀一把恩爱，可以解决不少麻烦了吧！”

宁摮不解：“麻烦？”

小乙一挑眉，开始打小报告。

“是啊，你也知道嘛，老大他那张脸，就是光站着，也会平白无故被麻烦找上门来对吧。”

宁摮懂了，笑了下点头。

“你是不知道，他在星生的时候，因为那张脸惹了多少事端。你知道他有段低谷期吧，怎么来的？麻烦找上门来的呗。那会儿有个同门师姐喜欢他，闹得满公司人都知道，结果呢，还有个同门师兄，喜欢那师姐，你说巧不巧，没办法啊，师姐爱他爱得要死要活，师兄嫉妒啊，就给老大下套，差点毁了他的嗓子，你说狗不狗血。”

宁辜从来不敢问林安奚那段低潮时期的事情，一是怕触及他的伤口，二是害怕心疼，现下一听，果然心疼。

小乙像是也怕她心疼太久到时候自己遭林安奚毒手，便急忙转移话题。

“现在啊，也是有不少麻烦。我们工作室新来的一个小姑娘啊，也喜欢他，据说还是粉丝呢，进这一行就是为了老大来的，见到老大的那一天直接在电梯里哭崩了，边哭边喊林安奚这么帅的吗？”小乙露出一个鄙视的眼神，“什么眼神啊！他那也叫帅……好吧，的确挺帅但也太夸张了吧！这几天那小姑娘一直跟着老大呢，老大也头疼，签了合同的，又不能让她走，索性直接公布恋情，这下好了，麻烦直接解决了，多好，还永绝后患。”

小乙爆这么多料其实不单单是为了爆料，更多的是为了报复林安奚私自撒狗粮的行为，果然宁辜听了这番话之后心里有些酸酸的。

活动结束时，林安奚的手机上收到一条信息，来自小乙：恭喜你，今晚有可能要睡沙发了！（耶）

林安奚不明所以，回到家才察觉到宁辜的不对劲。

宁辜先进了门，站在玄关处看着正在换鞋的他，目光灼灼，别有深意。

他挑眉，伸手扣住她的腰，眼神在她的嘴唇上流连片刻："嗯？怎么了？"

宁辜顺势握住他的手臂："小乙哥说，你们工作室有人……觊觎你。"

自跟林安奚身边人混熟之后，所有都称一声哥，"小乙哥""岳楼哥""书远哥"，他们仨呢，则统统叫她"大嫂"。

林安奚则一把将她抱起，放到沙发上，自上而下地看着她。

"嗯，所以，宁宁你得把我看好了。"

宁辜没忍住笑出来，他的手指抚摸她脸颊时微痒，她缩了一下脖子。

"怎……怎么看好呀……"心也痒。

林安奚把玩她越发长的头发。

"小乙说今天我会睡沙发。"他目光灼灼。

宁辜和他对视片刻，忽然悟了他的意思。

"你想……"

林安奚微微一笑，抱起她走向浴室。

"先洗澡。"

第二天去工作室，小乙兴致勃勃来问林安奚，昨晚是否睡了沙发。

林安奚思考一下，诚实回答：“嗯，不只沙发。”

还有地毯，还有书房的桌子。

小乙被他坦然又略带愉悦的态度整蒙了，挠挠脑袋不知道他什么意思。林安奚又说：“谢啦。”

小乙一脸莫名其妙：“谢我什么啊真的是，睡了沙发还那么开心？”

他不知道的是，睡沙发这种事情林安奚求之不得，反正，不是他一个人睡。

番外02 余生是你

某日，宁辜正在家里画图，忽然收到来自Tea的一条信息：宁宁，上次说的求婚事件，决定得怎么样？

他说的是上次在YY直播里顺口说出来的求婚，宁辜其实只当他是开玩笑，便回复他：啊，我都可以……

宁辜回完信息想到虽然求婚是开玩笑，但是林安奚最近某些行为可真不是开玩笑，也不知道林安奚为什么最近精力如此旺盛。

大白天想到这些让她有些脸热，便专心低头画稿子。

林安奚那头没再回复，宁辜以为他是去忙了，也没在意，没一会儿，肖若棠却忽然打了个电话给她，在电话那头语无伦次地说：

“宁辜宁辜，你快上Twitter！有大事发生了！”

宁辜：“怎么了？”

肖若棠不肯说，只让她自己去看。

宁辜便满带疑惑登录了许久没上去过的Twitter，结果刚上去就发现自己忽然多了很多粉丝，还有无数条留言和艾特。

她皱着眉，先点开了艾特，愣了。

原始艾特是林安奚，他在推文上写：宝贝儿@calm好像觉得我的求婚是在开玩笑，你们帮我去跟她说一下好不好？温柔一点，别吓到她。

配图是一张戒指的的图片，戒指放在戒指盒里，简单大气的设计，一颗钻石被切割成六芒星的形状，发出耀眼的光。

宁辜手抖得几乎拿不稳手机，评论里全是林安奚粉丝的评论，或羡慕或认真，无一不是在温柔地替他们两个考虑。大概是什么样的人就会吸引什么样的粉丝，林安奚那样温暖，所以喜欢着他的人，同样温暖。

宁辜伸手捂住嘴，没忍住笑了，眼眶却有晶莹在打转。

未几，门忽然被打开，林安奚就那样出现在他面前，倚在门框上对着宁辜晃了晃手中的戒指盒，朝她笑：“现在呢？考虑好了吗？”

宁辜的眼泪终于掉出来。

“林安奚，你知道的，我不会拒绝你。”

林安奚一笑，走到她面前，将戒指戴进她的左手中指，她的左手上有许多疤痕，时光还来不及洗去，但林安奚握上去，疤痕便都成了风信子。

他刮她的鼻尖：“套住了，宝贝儿，以后没有反悔的机会了。”

才不会反悔呢。

林安奚当众求婚的事岳楼隔了俩三个月才知道，他不玩Twitter，所以当他知道林安奚恨不得把狗粮洒向全世界的行为后，第一件事就是怒气冲冲打电话质问。然而林安奚没空理他，随意听着话筒里岳楼的不断咆哮，自己则斜倚在厕所门口看似淡定地听里面的动静。

等到里面终于传来抽水的声音，林安奚立刻出声：“宁宁？”

宁辜慢慢打开了门，眼神很震惊，看着林安奚一眨不眨。她手里拿着的那条白色长条上面，赫然清晰地印出两道红杠。

“林安奚……”

她的声音都在发抖。

林安奚面上却更加淡定，淡淡“嗯”了一声，也没管电话那头岳楼呜啦呜啦地乱叫，直接掐了电话，然后带着宁辜去了医院。

确认是怀孕了，已经一个多月了。

但宁辜拿到确诊单之后却怎么都不敢相信。她不过是经期推迟，今早和林母打电话时随口提到了，林母便说会不会怀孕了，林安奚在一旁看杂志，随意地问了一句："是吗？那要不要验一下？"

然后她就真的去验了一下……

为什么？

宁辜发了一路的呆，回了家还在晃神。手掌贴着小腹，那里有一个小生命，是林安奚和她的孩子。

她觉得很不可思议，为什么所有的幸运都在她头上降临？

可明显林安奚误会了她的怔忡，在她身边坐下，目光幽深道："宁宁，我得向你坦白，其实我的目的并不纯粹。"

宁辜不懂他为什么忽然说这些，还沉浸在小生命即将到来的喜悦里无法自拔，亮着一双眼睛看他。

他同她对视。

"如同一开始我的刻意引诱，故意让你陷进来，故意当众求婚，包括这次怀孕，我都是故意的。我甚至不知道你想不想这么早要孩子。抱歉，没办法顾及到你的感受，我只想要抓得更牢一点。"

让你彻底属于我，让你离不开我。

"宁宁，我说过不会放手，你得永远是我的人。"

回应他的，是宁辜骤然推倒他，跨坐在他身上的动作。她低头一点一点亲吻他的脸颊，表情近乎虔诚。她的脑子里不断回响林安奚的告白，心跳大得震天。她牵着他的手落到自己的小腹上，唤他：“林安奚……”

她的哭腔都出来：“我才不会放手呢。”

明明是她主动陷进来的啊。

岳楼和秦书远到的时候，他们还保持着那个姿势。岳楼和秦书远各有一把备用钥匙，直接开了门进来，结果看到两个人那么亲密的姿势，愣了，钥匙啪嗒一声掉在地上。

屋内两人这才发现他们的到来。

宁辜到底脸皮薄，见他俩来了想要从林安奚身上起来，结果林安奚牢牢抱着她死不撒手。

岳楼就忍不住吐槽：“林安奚，你注意着点影响好吗！多带坏小孩子啊！”

林安奚挑眉：“小孩子？你？巨婴？”

岳楼：“……”

林安奚心情好，没理岳楼难看的脸色，偏了偏头道：“打牌吗？”

结果岳楼只会打斗地主。

斗地主就斗地主吧，林安奚心情实在是好，连斗地主都奉陪。

岳楼摩拳擦掌说自己是斗地主高手，让他们几个都小心了，结果林安奚一副同花顺甩出去，其他全是炸，他这高手是毫无用武之地，很是郁卒。

最后岳楼死也不干了，拖着秦书远就要离开，林安奚倒意犹未尽："不继续了吗？"

岳楼呵呵一声："你就继续得意着吧，迟早有一天我会翻盘的！"

林安奚："嗯，但愿入土之前能盼到，加油，看好你。"

气走了岳楼，林安奚又重新抱住宁辜，宁辜刚刚洗过澡，满头清香，盈满鼻腔。

林安奚把一串钥匙放进宁辜的手里，在宁辜疑惑的视线里，低头亲吻她的鼻尖。

"婚房，装修好几个月了，现在只等我们搬进去，宝贝儿，我们挑个时间，让同居前加上'合法'两个字呗。"

宁辜握着那串晶莹冰冷的钥匙看了一会儿，笑了，又重新搂住他。

"好。"

阳光透进来，亮了半间房子。像是真实的，可以触碰的，有温度的幸福。

番外 03
林佑熹的日记

XX年XX月XX日，晴

今天是我十岁的生日，爸爸妈妈给我买了生日蛋糕，妈妈还亲自下厨给我做了最喜欢吃的四喜丸子。但我很苦恼，因为我的爸爸妈妈不见了。

我知道，我一直和别的小朋友不太一样，别的小朋友爸爸妈妈都很爱他们，但是我的爸爸妈妈没有很爱我，只有一点点爱我。

这不是我乱说的，是我亲耳听到的。

有一天我放学回家，看到爸爸妈妈都在书房，妈妈好像在画画，爸爸就在她背后看着她。

我听见妈妈说：“我们都有很多很多的爱，所以我们要分一点给佑熹。”

爸爸的声音听着很让人不舒服，觉得像冰块儿一样，冷冷的。他说：“那你分给他，我的全给你。”

我真可怜，只有妈妈分给我的一点点爱。

XX年XX月XX日 晴

今天我问了岳楼叔叔，为什么爸爸不给我爱，我的爱那么少，只有妈妈分给我的一点点儿。

他说：“因为你是他们在买牙膏时，超市打折的赠送品。”

岳楼叔叔是个很好看的大哥哥，但爸爸让我叫他叔叔。

他的眼睛大大的，很好看很好看，经常跟在他后面的也是一个眼睛很好看的大哥哥，叫书远叔叔。

他们两个关系很好，也对我很好，所以他们说的话我都相信。

但是我不懂，我问岳楼叔叔：“为什么？超市打折送的就不可以被分到爱了吗？”

岳楼叔叔笑眯眯地说：“当然不是呀，只是因为你的爸爸是个坏人，是个小气鬼，一点点爱都不愿意分给你。”

这一刻我觉得他笑起来好像一个动物，是什么呢？噢，想起来了，狐狸。

XX年XX月XX日 小雨

今天我十五岁了，可我依然纠结一个问题。

爸爸是不是真的不爱我。

我问了妈妈，妈妈说："当然不是，宝贝，爸爸妈妈，一样爱你。"

我的妈妈是个很温柔很漂亮的女人。我有时候觉得爸爸将她保护得过分了。

十五岁生日妈妈依然亲自帮我下厨炒了菜，可是就那么一会会儿，爸爸都得在厨房看着她守着她，可爸爸从来不会这么对我，他甚至都不为我下厨——我都是沾妈妈的光，他给妈妈做饭，我蹭吃蹭喝。

可妈妈说爸爸是爱我的，所以我也愿意相信爸爸是爱我的，为什么呢？因为我知道，爸爸是爱妈妈的，很爱很爱的那种。

XX年2月14日 小雪

情人节下了一场不大不小的雪，透过窗户往外看，行人纷纷，皆是手捧玫瑰。

手机里面的最后一条信息，是喜欢的人发给我的，内容是：你可真小气。

我也觉得自己真小气，一直如此。这应该遗传了爸爸，就如爸爸一点爱都舍不得给我一样。

看，我就是那么小气，耿耿于怀了那么久。

妈妈在沙发上睡着了，爸爸先是给她盖了条毯子，随后又小心翼翼抱起她走向卧室。岳楼叔叔喝得有点多，看到爸爸的动作之后又嚷嚷："林安奚你真是，当着小孩子这么腻歪真的很不道德！"然后又开始说自己情人节连玫瑰花都没收到，行情这么差的吗？

岳楼叔叔的脑回路永远令人无法琢磨，饶是书远叔叔和他认识了那么多年，也无法跟上他的思维，只能在他无理取闹的时候把他摁到沙发上坐好，在他哭天抢地说自己没有玫瑰花的时候不知道从哪里变出一朵玫瑰花给他。

岳楼叔叔跟个小孩儿似的，说还是老秦对我最好了，果然我们才是好兄弟。

书远叔叔则一脸嫌弃，说谁跟你是兄弟。真是"口嫌体正直"的一对好哥们儿。

我在旁边笑，他们俩便都回头看我。

岳楼叔叔看着我的笑容愣了一会儿，然后说："你小子，林安奚还真是把你保护得好。"

我不解，他却不再多说什么，转而问我是不是还在纠结爸爸是否爱我这个问题。

我说已经不会像小时候那么不懂事了，他便一改常态，头枕在秦书远膝盖上冲我笑说："你相信岳楼叔叔吗？你相信我的话，那就相信，你爸还是爱你的。"

说完他就睡着了。

天赋异禀。

我嘴上说不介意不纠结，其实暗地还是会想。妈妈说爸爸十分爱我，书远叔叔也说过，我的出现都是爸爸的预谋，可是爸爸对我态度疏离，我感受不到他的爱。

爸爸送妈妈的情人节礼物是一份录音，据说是很久之前爸爸和他朋友录的《恋爱的犀牛》广播剧版，妈妈当初想听没有听到的Demo。

第二天晚上我快睡着时，妈妈神秘兮兮地拿着耳机来到我房间放给我听。

耳机里爸爸念完“你是我温暖的手套冰冷的啤酒日复一年的梦想”之后忽然停下，音频里出现很长一段的空白，秒表节奏对上心跳，下一刻，爸爸的声音又响起：“你们，是我日复一日年复一年的温暖梦想。”这个你们，指的是什么，不言而喻。

XX年XX月XX日 中雪

小年夜，爸妈没有回爷爷奶奶家，我们一家三口带着岳楼叔叔和书远叔叔在C市。家里没有酒了，妈把我和爸赶出去买酒，天上飘着雪花。

我爸买了一打香槟，提在手里走在前面，一身气质，依然绝佳。

走了一会儿，他忽然开口问我：“林佑熹，听说你有喜欢的人了？”

他甚少过问我的私事，给予我足够的空间和自由。

但他今天问了，我便诚实回答：“嗯，是很喜欢的人。”

他便转过身来揉揉我的头发，笑容像是北极光，温柔得不可思议。

“嗯，高考完带回来给我和你妈看看，现在不要打扰人家女孩子学习。你是男孩子，要学会为人家女孩子着想。”

这是我第一次，感觉到他没有距离感。

我一直相信我妈的话，她说我爸是爱我的，我便从小信到大，但只有这一刻我才真正感觉到了。

他令我像块白纸一样长大，因为那些微妙的距离感，让我的生活只是自己的生活，没有被任何人插手。

而他是爱我的，因为，他爱妈妈。

而他对妈妈的爱，大概，就如同这大雪覆盖，一层一层，声势浩大，甚嚣尘上。

这一刻我才忽然领悟到。